CAÇA AO TESOURO

THE
LYING GAME

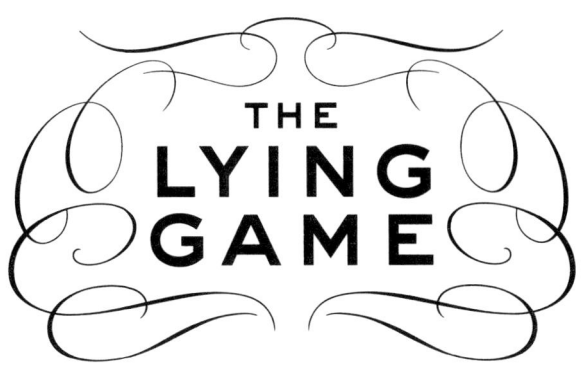

CAÇA AO TESOURO

DE

SARA SHEPARD

AUTORA BESTSELLER INTERNACIONAL DA SÉRIE

Pretty Little Liars

Tradução de

Joana Faro

ROCCO
JOVENS LEITORES

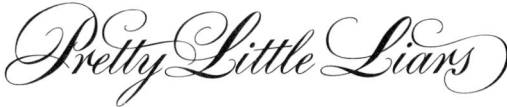

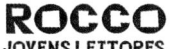

Título original
HIDE AND SEEK
THE LYING GAME

Copyright © 2012 by Alloy Entertainment e Sara Shepard

Todos os direitos reservados. Nenhuma parte desta obra
pode ser reproduzida ou transmitida por qualquer forma ou
meio eletrônico ou mecânico, inclusive fotocópia, gravação ou sistema
de armazenagem e recuperação de informação, sem a permissão escrita do editor.

Edição brasileira publicada mediante acordo com a
Rights People, Londres.

Direitos para a língua portuguesa reservados
com exclusividade para o Brasil à
EDITORA ROCCO LTDA.
Av. Presidente Wilson, 231 – 8º andar
20030-021 – Centro – Rio de Janeiro – RJ
Tel.: (21) 3525-2000 – Fax: (21) 3525-2001
rocco@rocco.com.br
www.rocco.com.br

Printed in Brazil/Impresso no Brasil

preparação de originais
MARIANA MOURA

CIP-Brasil. Catalogação na Publicação
Sindicato Nacional dos Editores de Livros, RJ

S553c
Shepard, Sara, 1977-
    Caça ao tesouro / Sara Shepard; tradução Joana Faro. Primeira edição. Rio de Janeiro: Rocco Jovens Leitores, 2015.
    (The lying game; 4)

    Tradução de: Hide and seek: the lying game
    ISBN 978-85-7980-245-4

    1. Suspense - Literatura infantojuvenil. 2. Literatura infantojuvenil americana. I. Faro, Joana. II. Título. III. Série.

15-20744   CDD: 028.5   CDU: 087.5

O texto deste livro obedece às normas do
Acordo Ortográfico da Língua Portuguesa.

Para Lanie

Aprecie aqueles que buscam a verdade,
Mas cuidado com os que a encontram.
— VOLTAIRE

PRÓLOGO
MORTA COMO EU

Sempre pensei que a vida após a morte fosse uma estada eterna em um resort em St. Barts, com garçons franceses lindos me trazendo drinques de frutas até o fim dos tempos, o céu azul do Caribe em permanente pôr do sol, uma brisa fresca do mar fazendo cócegas em minha pele eternamente bronzeada. Seria a recompensa por eu ter levado uma vida plena, fabulosa e longa.

Eu não poderia estar mais enganada.

Em vez disso, morri dias antes do meu aniversário de dezoito anos, de um ano em que eu tinha tudo para fechar o Ensino Médio com chave de ouro. Em vez de tomar um mojito em uma praia de areia branca, acordei em Las Vegas presa a uma irmã gêmea que nunca soubera que tinha. Observei Emma Paxton ser forçada a assumir minha vida e ter de começar a me personificar. Assisti enquanto ela se sentava em meu lugar à mesa com minha família e ria com minhas amigas, fingindo que as conhecia desde sempre. Eu a vi ler meu diário, dormir em minha cama e tentar descobrir quem me matou.

Aparentemente, eu estava presa ali até segunda ordem. A todo lugar que Emma ia eu também ia. Tudo o que ela sabia eu também sabia. O problema era que eu não sabia muito além disso. Minha vida sempre fora um ponto de interrogação. Certas coisas tinham voltado à minha memória: que eu não era exatamente a garota mais legal do Hollier High, que eu não valorizava nada do que possuía e que fizera vários inimigos tramando trotes cruéis contra pessoas que não mereciam. Mas todo o resto era uma incógnita, incluindo como eu tinha morrido e quem tinha me assassinado.

O que eu sabia era que meu assassino vigiava comigo todos os movimentos de Emma, certificando-se de que ela desempenhava seu papel. Eu estava bem ao lado quando Emma encontrou um bilhete dizendo que eu estava morta e alertando que, se ela não fingisse ser eu, também morreria. Senti as estrelas explodirem atrás dos olhos de Emma quando quase foi estrangulada durante uma noite que passou na casa de uma das minhas melhores amigas, Charlotte. Eu estava na primeira fila quando um refletor do auditório da escola caiu perto da cabeça dela. Todos esses acontecimentos foram avisos. Meu assassino estava muito próximo. E, mesmo assim, nenhuma de nós duas o viu.

Dependia da minha irmã gêmea pegar o assassino, e não havia nada que eu pudesse fazer para ajudá-la, já que não conseguia me comunicar com ela. Emma tinha inocentado minhas melhores amigas, Charlotte Chamberlain, Madeline

Vega e Gabby e Lili Fiorello; cada uma delas tinha um álibi para a noite de minha morte. Entretanto, o álibi de minha irmã mais nova, Laurel, já não era tão incontestável.

Naquele momento, eu observava minha família sentada em espreguiçadeiras no country clube, protegendo os olhos do violento sol de Tucson. Emma se acomodou ao lado de Laurel e enfiou o nariz em uma revista, mas eu sabia que ela estava analisando minha irmã mais nova com a mesma atenção que eu.

Laurel conferiu um cardápio de bebidas com capa de couro através das lentes de enormes óculos escuros da Gucci, depois esfregou casualmente um pouco de óleo de bronzear nos ombros, como se não tivesse preocupação alguma. Uma fúria me percorreu. *Nunca mais* vou sentir o sol na pele, e talvez seja culpa dela. Afinal de contas, havia um motivo: compartilhávamos uma paixão secreta, e eu fiquei com Thayer no final.

Minha mãe tirou seu BlackBerry da bolsa de palha Kate Spade.

— Você não imagina quanta gente está confirmando presença no sábado, Ted — murmurou com os olhos fixados na tela. — Parece que você vai fazer cinquenta e cinco anos em grande estilo.

— Hum-hum — disse meu pai, ausente. Não ficou claro se a escutara. Estava ocupado demais olhando para um garoto alto e musculoso que passava a mão pelo cabelo escuro do outro lado da piscina.

Por falar no diabo, era Thayer Vega. Em pessoa.

Meu coração disparou, e Emma olhou na direção dele. O olhar de Laurel também se deslocou. Por mais indiferente que minha irmã tentasse parecer, não conseguiu esconder o lampejo de esperança que cruzou seu rosto. *Nem sonhe*, pensei com raiva. Posso estar morta, mas Thayer é meu – *só meu*. Mantínhamos um relacionamento secreto quando eu era viva, algo que só me voltou à memória há poucos dias. Por um tempo, achei que ele pudesse ser meu assassino, pois tivéramos um encontro secreto na noite em que morri. Mas, por sorte, Emma o inocentou; alguém o atropelou com meu Volvo, talvez tentando me acertar. Laurel levou Thayer ao hospital, onde ele passou a noite. Eu estava aliviada por não ter sido ele... até perceber que talvez a culpada estivesse sentada ao lado de Emma naquele exato momento. Laurel levou Thayer ao hospital, mas isso não significa necessariamente que ficou lá com ele. Podia ter voltado para brigar... ou acabar comigo para sempre.

Todos nós observamos Thayer subir os degraus de metal do trampolim. Ele correu até a ponta da prancha, mancando levemente, e testou seus movimentos com alguns pulos. Os músculos de seu abdome se projetavam enquanto ele reunia forças. Ergueu os braços bronzeados acima da cabeça e mergulhou, varando a superfície tranquila com sua silhueta perfeita. Nadou submerso até o outro lado da piscina, deixando um rastro de pequenas bolhas. Eu quase conseguia sentir o frio na barriga que não tinha mais ao observá-lo se mover embaixo d'água. Thayer Vega tinha algo que ainda fazia eu me sentir muito *viva*, e levei um instante para perceber que não estava.

Os lábios de Laurel se contraíram em uma linha rígida quando Thayer emergiu e sorriu para Emma, então percebi outro fato: se Emma não tomasse cuidado, acabaria exatamente como eu.

1

NÃO ALIMENTE OS TERRÁQUEOS

No Planetário de Tucson, Emma Paxton se aproximou do espelho em forma de Saturno e fez um biquinho para reaplicar uma camada de gloss sabor cereja. Todo o banheiro mal-iluminado tinha tema de astronomia. As cabines eram decoradas com adesivos de estrelas, que brilhavam no escuro, e as latas de lixo tinham o formato de foguete. Uma placa acima da pia dizia BEM-VINDOS, TERRÁQUEOS. Havia dois aliens com cabeças enormes sobre o Q e dedos grossos erguidos em um aceno.

Respirando fundo, Emma se olhou no espelho.

– Este é seu primeiro encontro oficial com Ethan – falou para o próprio reflexo, saboreando a última palavra. Ela não conseguia se lembrar da última vez que estivera tão animada com um garoto. Já tinha saído com alguns, mas se mudava de um lar temporário para outro com tanta frequência que era difícil se apaixonar de verdade por alguém. Contudo, nos últimos tempos, tudo tinha se alterado em sua vida: uma nova casa, uma nova família e um novo cara lindo, Ethan Landry.

E uma nova identidade também, desejei acrescentar enquanto flutuava atrás dela, observando-a no espelho. Como de costume, meu reflexo não aparecia. Eu estava assim desde que tinha aparecido na vida de Emma, quando ela ainda morava em Las Vegas. Para todos os efeitos, Emma não era mais Emma. Ela era eu, Sutton Mercer. Com exceção de meu assassino, Ethan era a única pessoa que conhecia sua verdadeira identidade. Ele estava até ajudando Emma a descobrir o que tinha acontecido comigo.

O telefone dela apitou com uma mensagem de texto. Era Ethan. Cheguei. Acabei de comprar os ingressos.

Vou sair em um segundo!, digitou ela em resposta.

Emma secou as mãos e depois empurrou a porta de vaivém, mexendo no relicário de Sutton. Seu coração acelerou quando ela viu Ethan encostado a uma parede curva carpetada do outro lado do salão lotado.

Ela adorava ver como os ombros dele pareciam largos na polo cinza e como seu cabelo caía sobre os olhos azuis. Seus Chuck Taylor azuis-marinhos estavam desamarrados, a camiseta verde-escura envolvia seus braços bem-definidos, e o jeans era perfeitamente gasto. Ela ziguezagueou pela fila que esperava para entrar no planetário e deu um tapinha no ombro de Ethan.

Ele se virou.

– Ah, oi.

– Oi – disse Emma, sentindo-se repentinamente tímida. Na última vez que viu Ethan, as coisas acabaram de um jeito meio estranho. Thayer Vega apareceu em sua casa, e Emma não apresentou Ethan como namorado. Pareceu meio cruel contar ao garoto que amava Sutton tão desesperadamente o fato de que tinha seguido em frente. Mais tarde, ela ligou para o namorado e explicou, e ele pareceu entender. Mas e se não tivesse entendido?

Porém, antes que ela conseguisse dizer algo, Ethan a puxou para si, e seus lábios se encontraram em um beijo. Emma suspirou.

Sortuda, pensei. Daria tudo para beijar alguém outra vez, embora Thayer fosse minha primeira escolha. Eu estava feliz por Emma, mas esperava que toda aquela química amorosa não a distraísse da verdadeira tarefa que tinha em mãos: descobrir o que diabos havia acontecido comigo.

– Isso parece divertido – disse Emma, entrelaçando os dedos aos dele quando o beijo terminou. – Obrigada por me trazer aqui.

– Obrigado por vir. – Ethan tirou dois ingressos do bolso de trás. – Achei que seria apropriado para nosso primeiro encontro oficial. Lembra o dia em que nos conhecemos? – acrescentou, meio envergonhado.

Emma corou. Aquele sem dúvida era o número três ou quatro na lista dos *Dez momentos mais fofos de Ethan*. Na noite em que Emma chegou a Tucson, antes mesmo de descobrir quem ela era, os dois observaram o céu juntos, e ela contou que tinha dado nomes às estrelas. Em vez de zombar, Ethan achou interessante.

Ele foi até a entrada do planetário.

– Pronta? – perguntou Ethan enquanto os dois percorriam o chão pintado de marrom e passavam por pesadas cortinas pretas.

Emma sorriu para ele quando entraram na escuridão. O ar estava frio, e o ambiente, silencioso. Através do teto de vidro, viam minúsculas estrelas cintilantes que pontuavam o céu noturno. Por um instante, ela não fez nada além de ficar ali parada, perdida nos complexos padrões das constelações. O céu era vasto e aterrador, e ao menos por alguns segundos ela conseguiu esquecer o quanto sua vida se tornara complicada. Não importava se estava desempenhando o papel de outra pessoa e colocando a própria vida de lado. Não importava que sua irmã tivesse sido assassinada e sua mais recente suspeita fosse a irmã mais nova de Sutton, Laurel. Esta supostamente estava na festa do pijama de Nisha Banerjee na noite do crime, mas saiu de fininho para levar Thayer ao hospital quando alguém o atropelou com o carro de Sutton. Em comparação à extensão descomunal do universo, nada na Terra tinha verdadeira importância.

– Ainda temos algum tempo até a passagem do cometa – avisou Ethan, pressionando um botão em seu relógio de mergulhador para iluminar as horas. – Quer ver as exibições das outras salas?

Ao som de música New Age ao fundo, Ethan e Emma pararam diante de uma exibição chamada AS BOLAS DE NEVE DE NOSSO SISTEMA SOLAR, que mostrava a formação dos cometas. Ele pigarreou, depois se dirigiu animadamente até a foto de um cometa espiralado e falou com voz aguda e ridícula:

– Então, sabe, os cometas começam como pedaços de rocha e gelo que sobram da formação de estrelas e planetas. E depois as bolas de rocha chegam perto do sol, e o calor do sol derrete parte do gelo. O que acha disso, mocinha?

Ethan puxou as calças para cima e esfregou o nariz, e de repente Emma se deu conta de que ele estava imitando o sr. Beardsley, professor de ciências do Hollier. Ela caiu na gargalhada. O sr. Beardsley tinha um zilhão de anos, sempre falava com aquela voz ridícula e chamava todas as garotas de *mocinha* e todos os garotos de *filho*.

– Você é bom – disse ela. – Mas, para ficar perfeito, tem que umedecer um pouco mais os lábios. E enfiar o dedo no nariz.

Ethan fez uma careta.

– Só de pensar naquele cara enfiando o dedo no nariz e depois tocando o papel da minha prova...

– Aterrorizante. – Emma teve um calafrio.

– Queria que os professores deixassem o espaço mais interessante – comentou Ethan, indo para a tela seguinte. Suas sobrancelhas se franziram de concentração quando ele analisou uma foto. Seus olhos profundos passaram pelas palavras escritas abaixo da imagem, e os lábios se moveram levemente enquanto ele lia. – Eles o tornam tão árido e sem graça que não é de estranhar que ninguém se interesse.

– Eu entendo – disse Emma. – É por isso que gosto de *Star Trek: The Next Generation*. O espaço vira algo tão fantástico que você nem percebe que está aprendendo.

Ethan arregalou os olhos.

– *Você* é uma Trekker?

– Culpada. – Emma baixou a cabeça, constrangida por ter revelado algo tão idiota.

Eu olhei em volta às pressas. Graças a Deus, ninguém que *eu* conhecia estava ali para entreouvir a vergonhosa confissão de Emma. A última coisa de que eu precisava era que espalhassem o boato de que Sutton Mercer gostava da série mais nerd de todos os tempos.

Ethan apenas sorriu.

— Uau. Você é *mesmo* a garota perfeita. Comecei um fã--clube do programa no sétimo ano. Achei que podíamos fazer maratonas, nos vestir como os personagens preferidos, ir à convenção, esse tipo de coisa. Por incrível que pareça, ninguém entrou.

Emma revirou os olhos.

— Eu teria entrado. Sempre tive que assistir à série sozinha. Nem sei quantos irmãos e irmãs temporários riram de mim por causa disso.

— Olha só... — disse Ethan. — Que tal eu e você fazermos uma maratona Trekker um dia desses? Eu tenho os DVDs de todas as temporadas.

— Fechado — respondeu Emma, encostando a cabeça ao ombro dele.

Ethan olhou para ela. Um leve rubor cruzou seu rosto.

— Alguma chance de este Trekkie conseguir levar você ao Baile da Colheita?

— Podemos dar um jeito — respondeu Emma timidamente. Uma manchete surgiu em sua mente: *Órfã é Convidada Para o Baile da Colheita: Milagre!* Ela fazia manchetes diárias desde sempre, e essa era digna de primeira página.

A escola já exibia pôsteres do Baile da Colheita havia algum tempo, anunciando a banda contratada para as festividades, o desfile de carros alegóricos e, claro, o Rei e a Rainha do Baile. Era o tipo de festa que parecia saída de um filme, o tipo de evento a que Emma nunca imaginou ter a chance de ir. Em sua mente, formavam-se imagens de Ethan em um terno escuro com os braços em torno da cintura dela enquanto dançavam. Ela imaginou qual dos vestidos do closet de Sutton usaria: um turquesa curto que ficava lindo em contraste com sua pele clara e seu cabelo castanho. Ia se sentir uma princesa.

Eu queria sacudi-la. Será que não sabia que Sutton Mercer sempre comprava vestidos *novos* para bailes?

Um menininho passou correndo por Emma e pressionou as mãos contra o vidro da tela na qual os cometas eram exibidos, tirando-a de seu devaneio. Ela se concentrou no que estavam olhando – a fotografia de um buraco negro cercado por um céu azul-marinho pontuado de estrelas cintilantes. Uma placa ao lado da foto dizia: *Um buraco negro é uma região do espaço da qual nada, nem mesmo a luz, consegue escapar.* Emma estremeceu, pensando repentinamente em Sutton. Será que era ali que ela estava naquele momento? A vida após a morte seria assim?

Ahn, não exatamente, pensei.

– Você está bem? – perguntou Ethan, com as sobrancelhas franzidas de preocupação. – Ficou muito pálida.

– Hum, preciso de ar – murmurou Emma, sentindo-se tonta.

Ethan assentiu e conduziu-a por uma porta sinalizada como SAÍDA, que dava para um pátio circular. Seis caminhos de pedras estavam dispostos como raios de uma roda. No centro havia um imenso e antigo telescópio preto. As cercas vivas davam para uma viela, e, do outro lado da rua, ficava um restaurante acolhedor chamado Pedro's. Nas janelas havia vasos mexicanos coloridos, e luzinhas em forma de pimenta pendiam do teto.

Emma e Ethan se sentaram em um banco. Ela respirou fundo várias vezes enquanto uma onda de culpa a esmagava.

— Está pensando em Sutton, não é? — perguntou Ethan, como se estivesse lendo sua mente.

Emma olhou para ele.

— Talvez eu não devesse beijar garotos e me animar para ir a bailes, porque minha irmã está morta.

Ethan entrelaçou seus dedos aos dela.

— Mas não acha que ela também iria querer que você fosse feliz?

Emma fechou os olhos, torcendo para que aquele fosse o desejo de Sutton. Só de pensar nela, lembrava-se de que estava na própria versão de um buraco negro: a vida de Sutton. Se tentasse deixar de ser Sutton Mercer, poderia morrer. Mesmo que o assassino fosse encontrado, Emma seria exposta como fraude. E aí o que aconteceria? Ela sonhava que a família Mercer a acolhesse e que as amigas de Sutton a recebessem de braços abertos, mas todos podiam ficar furiosos por terem sido enganados.

— *Eu* quero ficar com você — disse Emma a Ethan depois de uma longa pausa. — Não como Sutton. Como *eu mesma*. Tenho medo de que isso nunca aconteça.

— Claro que vai acontecer. — Ethan segurou o queixo dela com as mãos. — Tudo isso vai terminar um dia. Aconteça o que acontecer, vou estar a seu lado.

Emma sentiu uma onda tão forte de gratidão que ficou com lágrimas nos olhos. Ela se aproximou de Ethan, pressionando o quadril contra o dele. Ficou alvoroçada de novo quando olhou em seus olhos azuis e sentiu o cheiro amadeirado de sua loção pós-barba. Ethan se aproximou até ficar com os lábios a centímetros dos dela. Emma estava a ponto de beijá-lo quando ouviu uma risada familiar.

Emma levantou o rosto de imediato.

— Aqueles são...? — Duas figuras estavam sentadas no pátio externo do Pedro's. Uma tinha cabelo louro e usava um suéter rosa, e a outra mancava e estava de calça baggy.

— Laurel e Thayer — murmurou Ethan de um jeito áspero, depois fez uma careta. — Bem, lá se vai minha ideia de jantar depois.

Laurel jogou o cabelo louro para trás e deu o braço a Thayer. Foi um gesto casual, e, por um instante, Emma se perguntou se Laurel não a tinha visto. Em seguida, o olhar de Laurel cruzou a rua em direção a Emma, e uma levíssima sugestão de sorriso apareceu em seu rosto. Laurel não apenas sabia que Emma estava ali, como também apertava o braço de Thayer para que ela visse.

Vadia, pensei. Laurel se ressentia de meu relacionamento secreto com Thayer havia muito tempo. Tenho certeza de que sempre havia esperado por aquele momento.

Thayer também se virou e levantou a mão em um meio aceno. Emma retribuiu com um sorriso, mas a mão de Ethan apertou a dela em uma atitude protetora.

Emma virou-se para ele.

— Sabe, não gosto dele — disse ela em voz baixa. — Mas ele não é perigoso. Não existe chance alguma de ter matado a Sutton. Ele passou a noite no hospital, lembra?

Ethan parecia ter mais a dizer sobre o assunto, mas se limitou a suspirar.

— É — respondeu, relutante. — Pode ser. Então, em que pé estamos? Temos algum suspeito?

O olhar de Emma se deslocou para Laurel, que olhava para ela por sobre o cardápio.

— Lembra que eu achava que Laurel tinha ficado na casa da Nisha na noite em que Sutton desapareceu?

— Lembro, para a festa do pijama da equipe de tênis — disse Ethan, assentindo.

— Bem, ela não ficou. Pelo menos não o tempo todo.

As sobrancelhas de Ethan se ergueram.

— Tem certeza?

Emma tamborilou com os dedos no braço de ferro fundido do banco.

— Foi Laurel quem pegou Thayer na noite em que ele foi atropelado. Foi ela que o levou ao hospital. Ela não poderia estar em dois lugares ao mesmo tempo. E se mentiu sobre isso...

Ethan se inclinou para frente, com os olhos brilhando.

— Acha que ela deixou Thayer no hospital e então voltou ao cânion para matar Sutton?

— Espero que não. Mas não posso inocentá-la se não sei onde realmente estava. Preciso descobrir se voltou para a casa da Nisha ou se passou a noite fora. — Ela começou a mexer na bainha da minissaia preta de algodão de Sutton. — Passei mais tempo com Laurel do que com qualquer outra pessoa desde que cheguei a Tucson, mas não a entendo muito bem. Em um segundo, ela é carinhosa. E, no outro, age como se quisesse me matar.

— Você mesma me contou que as coisas entre Sutton e Laurel pareciam... tensas.

Emma assentiu.

— Pois é. A sra. Mercer conversou comigo sobre isso na semana passada. Disse que Laurel sempre teve ciúme de mim...

quer dizer, da Sutton. – Emma balançou a cabeça levemente. Quanto mais ela se passava pela irmã, mais vago se tornava o limite que a separava de Sutton.

Ethan olhou para o Pedro's, onde Laurel e Thayer compartilhavam uma cesta de tortilhas.

– Talvez, mas, por outro lado, Sutton também poderia ter ciúmes de Laurel; afinal, ela é a filha biológica dos Mercer. Sempre pareceu que ser adotada fazia Sutton se sentir meio... *perdida*. Uma vez, eu a vi na biblioteca da escola lendo um livro sobre genealogia. Estava com uma cara... – Ethan hesitou. – Bem, eu nunca tinha visto Sutton Mercer triste.

Uma onda de vulnerabilidade me atingiu. Eu não me lembrava daquilo, mas, desde que acordara na casa de Emma, em Las Vegas, sentia uma dor profunda e familiar que não tinha nada a ver com o fato de estar morta. Eu sempre soube que era adotada, e muitas vezes meus pais me disseram que eu era especial porque eles tinham me escolhido como filha. Mas pensar que minha mãe verdadeira não me quisera me deixava desorientada e vazia, como se um pedaço meu estivesse permanentemente faltando.

Mas como Ethan, que eu mal conhecia, tinha percebido aquilo? Será que eu era mais transparente do que imaginava?

– Acho que Laurel tinha o que Sutton nunca teve: uma família biológica – disse Emma com a voz suave, sabendo muito bem como a irmã gêmea se sentia. Quando tinha cinco anos, a mãe biológica delas, Becky, a deixou na casa de uma amiga... e nunca mais voltou.

Emma soltou um profundo suspiro.

– A Laurel sempre pareceu muito zangada. Conseguiu se controlar até o Thayer aparecer no quarto da Sutton e o sr.

Mercer chamar a polícia por causa dele. Agora que ele voltou, parece que ela faria qualquer coisa para mantê-lo afastado da garota que acredita ser Sutton, a qual Laurel sabe que ele ama.

— Como é o ditado? Que as pessoas matam por dinheiro, amor ou vingança? — perguntou Ethan, esfregando as mãos quando uma brisa fria soprou pelo pátio. — Talvez ela quisesse se livrar da concorrência.

— Bem, sem dúvida ela conseguiu. Parece que estão em um encontro. — Emma olhou de novo para o outro lado do pátio. Thayer apoiava a mão sobre o ombro de Laurel. Ela lhe dava uma tortilha cheia de guacamole na boca, depois lançou outro sorrisinho satisfeito na direção de Emma, que se perguntou o que tinha acontecido com Caleb, namorado de Laurel até o dia anterior. Ela provavelmente nem se lembrava mais do nome dele.

Segui o olhar de Emma até minha irmã mais nova. Agora Thayer fazia o pedido à garçonete com uma postura tranquila e natural. Laurel o observava com adoração, abraçando o corpo magro envolvido pelo suéter rosa-claro. Estreitei os olhos. Eu reconhecia aquele suéter. Assim como Thayer, era meu.

Talvez minha mãe e Ethan estivessem certos, talvez Laurel quisesse tudo o que era meu. E talvez ela tivesse me matado para conseguir.

2

PARA A CASA DA VOVÓ NÓS VAMOS

Na noite seguinte, Emma entrou no condomínio dos Mercer, gemendo sempre que seus pés empurravam os pedais.

– Que *dor* – resmungou. Elas tinham acabado de ter o pior treino de tênis da história, que envolvera uma corrida de oito quilômetros *antes* de uma exaustiva partida amistosa, além de exercícios. Ela mal conseguia mexer as pernas. Por que Sutton não podia ser sedentária?

Laurel estava no banco do carona, mexendo em seu iPhone e ignorando o comentário de Emma, embora também estivesse em agonia.

– Então, seu encontro com Thayer ontem à noite foi bom? – Emma não conseguiu evitar a pergunta.

Laurel levantou os olhos e lançou-lhe um sorriso meloso.

— Foi. Foi *muito* romântico... acho que vamos juntos ao Baile da Colheita.

— E Caleb?

Laurel se sobressaltou, pega de surpresa.

— Caleb e eu nunca fomos namorados — disse ela após um instante.

Emma torceu o nariz. *Pareciam ser no Baile de Boas-Vindas*, desejou dizer.

— E o que você tem a ver com isso? — disparou Laurel, voltando-se para o telefone. — Agora que está com Ethan...

Emma se retraiu diante do modo enojado com que Laurel disse o nome de Ethan. As amigas de Sutton pareciam aceitá-lo bem, sobretudo Laurel, que havia encorajado Emma a abrir o jogo com as amigas sobre o romance. Mas seria uma atuação? Ou, se Laurel tivesse mesmo matado Sutton, seria uma sugestão secreta, como que para dizer: *Eu sei que você não é minha verdadeira irmã. Sei que nunca gostou do Thayer.*

— Não tenho nada a ver com isso — disse Emma rigidamente. — Só estava puxando assunto.

Mas *eu* tinha tudo a ver com isso. E se o Thayer gostasse *mesmo* da minha irmã? Será que faria isso comigo? Enfim, provavelmente tinha chegado à conclusão de que eu o trocara por Ethan. Ah, se ele soubesse a verdade...

Emma parou na entrada da garagem dos Mercer. O sol estava se pondo atrás da casa de adobe de dois andares que a deixou de queixo caído quando viu pela primeira vez. Ela ainda tinha dificuldade de acreditar que morava ali. Os raios alaranjados refletiam-se no Range Rover do sr. Mercer. Ao lado estava um reluzente Cadillac preto que Emma nunca tinha visto. A placa da Califórnia dizia FOXY 70.

— De quem é esse carro? — perguntou Emma, desligando o motor.

Laurel lançou-lhe um olhar estranho.

— Ahn, da vovó? — disse ela em tom de "dã".

As bochechas de Emma ficaram quentes.

— Ah, é verdade. Eu sabia. É que ela não vem aqui há algum tempo. — A essa altura, estava acostumada a disfarçar suas gafes "eu não sou Sutton", embora não sentisse que estava se saindo tão bem. E, claro, a vovó Mercer seria mais uma pessoa que Emma teria de convencer de que era Sutton.

Laurel já estava saindo do carro.

— Legal — disse ela, jogando uma mecha de cabelo louro-mel por cima do ombro. — O papai está fazendo churrasco. — E, com isso, ela bateu a porta.

Emma puxou o freio de mão. Ela tinha se esquecido de que a mãe do sr. Mercer estava chegando para a festa de aniversário de cinquenta e cinco anos do filho, algo que a sra. Mercer vinha planejando freneticamente nas últimas semanas. Até então, tinha providenciado o bufê, organizado a banda, esquadrinhado a lista de convidados, gerenciado os lugares nas mesas e resolvido vários outros detalhes. A avó também estava ali para ajudar.

Com um suspiro profundo e fortificante, Emma saiu do carro e tirou sua sacola de tênis do porta-malas. Ela seguiu Laurel pelo caminho de pedra que levava ao quintal dos Mercer. Uma risada feminina áspera e gutural trespassou o ar, e, assim que Emma contornou a casa, viu o sr. Mercer diante da churrasqueira, segurando uma bandeja de espetinhos de legumes. Ao lado dele estava uma mulher mais velha, porém bem elegante, com um martíni na mão. Ela era basicamente o que

Emma tinha imaginado ao pensar na vovó Mercer: tranquila, classuda e charmosa.

O rosto da mulher se abriu em um sorriso frio ao ver as garotas.

– Queridas.

– Oi, vó! – gritou Laurel.

Por incrível que pareça, a mulher mais velha se aproximou delas sem deixar cair uma gota de álcool no pátio de pedra. Ela olhou Laurel de cima a baixo.

– Deslumbrante como sempre. – Depois, voltou-se para Emma e a abraçou com uma força surpreendente para uma mulher tipo mignon. Seu colar de pérolas espetou a clavícula da garota.

Emma retribuiu o abraço, inalando o perfume de gardênia da mulher. Quando a avó de Sutton se afastou, segurou Emma diante de si e a examinou com atenção.

– Meu Deus – disse ela, balançando a cabeça. – Obviamente passei tempo demais sem vir aqui. Você está tão... *diferente*.

Emma tentou não se contorcer sob as mãos da mulher. *Diferente* não era exatamente a aparência que ela queria.

A avó de Sutton apertou os olhos.

– Será que é seu cabelo? – Ela levou um dedo ossudo e de unhas perfeitas aos lábios. – Por que a franja está sobre seus olhos? Como você consegue *enxergar*?

– É assim que todo mundo usa hoje em dia – retrucou Emma, tirando a franja dos olhos. Ela deixara o cabelo crescer um pouco porque a franja de Sutton também era desse tamanho, mas no fundo concordava com a avó.

A senhora enrugou o nariz insatisfeita.

— Você e eu precisamos ter uma conversinha — disse ela em tom severo. — Soube que ainda está dando trabalho aos seus pais.

— Trabalho? — guinchou Emma.

A boca da avó se tornou uma linha reta.

— Algo sobre roubar coisas de uma butique não faz muito tempo.

A garganta de Emma ficou seca. Era verdade que roubara uma bolsa em uma loja para ganhar acesso à ficha policial de Sutton. Quinlan, o detetive de polícia, tinha uma pasta enorme sobre Sutton, cheia de trotes do Jogo da Mentira que ela tinha feito ao longo dos anos.

Enquanto vovó encarava Emma com firmeza, uma lembrança voltou a mim: eu estava sentada em meu quarto prestes a fazer o upload das fotos da equipe de tênis para o Facebook quando ouvi vozes na sala de estar. Com a câmera na mão, fui na ponta dos pés até a escada, tentando ouvir. Parecia que vovó e meu pai estavam discutindo, mas sobre *o quê*? E foi então que minha câmera digital novinha escorregou da minha mão e caiu no degrau de cima com um baque. "Sutton?", disse meu pai. Ele e minha avó saíram da sala e foram até a base da escada antes que eu conseguisse fugir. Eles me olharam do jeito que a vovó estava olhando para Emma naquele momento.

— Já deixamos isso para trás — disse o sr. Mercer, virando filés na churrasqueira. Ele usava um avental preto com a estampa de uma cascavel enrolada na frente, e seu cabelo grisalho estava penteado para trás. — Na verdade, ela está se saindo muito bem nos últimos tempos. Tirou uma nota muito alta em um teste de alemão recentemente. Também está tirando boas notas em inglês e história.

— Você é indolente demais com ela — disparou a avó. — Ela nem sequer foi punida pelo que fez?

O sr. Mercer pareceu meio desanimado.

— Foi! Ela ficou de castigo.

A avó caiu na gargalhada.

— Por quanto tempo? *Um* dia?

De fato, o sr. Mercer tinha terminado o castigo antes da hora. Todo mundo fechou a boca, constrangido, e, por alguns longos segundos, os únicos sons foram o chiar da churrasqueira e os pássaros cantando. Emma olhou de relance para a vovó Mercer, que encarava o filho. Era estanho ver alguém mandar nele.

Após um instante, ele pigarreou.

— Então, meninas. Frango ou carne?

— Frango, por favor — disse Emma, ansiosa para mudar de assunto. Ela se sentou ao lado de Laurel em uma das cadeiras verdes em torno de uma mesa de jardim. A porta do pátio se abriu com um rangido, e Drake, o enorme dogue alemão dos Mercer, pulou para fora. Como sempre, foi diretamente até Emma; era como se ele sentisse que ela ficava desconfortável perto de cachorros e estivesse fazendo de tudo para conquistá-la. Hesitante, Emma estendeu a mão e deixou que ele a lambesse. Tinha medo de cães desde que um chow-chow a mordera, mas lentamente estava se acostumando ao imenso animal.

A sra. Mercer saiu da casa em seguida, com uma toalha de mesa xadrez azul e branca em uma das mãos e o BlackBerry, que não parava de tocar, na outra. Sua expressão era desanimada, mas, quando viu as filhas sentadas à mesa, abriu um sorriso. Mesmo quando a sra. Mercer estava estressada, ver

Emma e Laurel melhorava seu humor. Era uma experiência nova para Emma. Em geral, as figuras paternas a olhavam com uma expressão reticente e interessada apenas no pagamento do sistema de adoção.

– Então, meninas, como foi o treino? – A sra. Mercer ergueu a toalha xadrez no ar e deixou-a cair sobre a mesa de vidro.

– De matar. – Laurel pegou um palito de cenoura em um prato de legumes que estava sobre a churrasqueira e a mastigou ruidosamente.

Emma estremeceu diante da escolha de palavras de Laurel, mas forçou um sorriso cansado.

– Corremos oito quilômetros – explicou ela.

– Além dos exercícios de tênis? – A sra. Mercer apertou o ombro de Emma. – Vocês devem estar exaustas.

Emma assentiu.

– Com certeza vou precisar de um banho quente hoje à noite.

– Eu também – retrucou Laurel em tom petulante. – Não tome um de seus banhos de banheira de meia hora.

Emma abriu a boca, prestes a dizer a Laurel que nunca tomaria um banho de banheira de meia hora, mas depois se deu conta de que devia ser algo que Sutton fazia. Ela também começara outra lista: *Diferenças Entre Mim e Sutton*. A lista a ajudava a se lembrar de *quem ela* era em meio a tudo aquilo. Quando Emma chegara a Tucson, só trouxera uma sacola pequena, roubada logo depois. O restante de suas coisas, seu violão, suas economias e seu laptop de segunda mão, comprado na loja de penhores, estava guardado em um armário na estação de ônibus de Las Vegas. Nos últimos tempos, parecia que sua identidade também ficara naquele armário. A única pessoa de sua antiga vida com quem mantinha contato era sua melhor amiga, Alex Stokes, com quem mal falara desde que tinha chegado a Tucson. Alex achava que Emma estava feliz, morando com Sutton na casa dos Mercer. Emma não podia contar a verdade, e as mentiras tornavam a distância entre elas grande demais para transpor.

O sr. Mercer aproximou-se da mesa e colocou ali cinco pratos cheios de grelhados.

– Frango para minhas meninas, filés para mim e para a vovó, ao ponto para malpassado, e muito bem-passado para minha linda esposa. – Ele afastou uma mecha de cabelo dos olhos da sra. Mercer e deu um beijo na bochecha dela.

Emma sorriu. Era bom ver que duas pessoas podiam ficar juntas durante décadas e continuar tão unidas. Poucas vezes tinha vivido com uma família temporária na qual os pais morassem juntos, muito menos que se amassem.

Era algo que eu também notava agora que estava morta: meus pais *realmente* se gostavam. Terminavam as frases um do outro. Ainda eram carinhosos e doces um com o outro. Algo ao qual nunca dei valor quando estava viva.

A vovó Mercer voltou seus férreos olhos azuis para o sr. Mercer.

– Você está magro, querido. Está comendo direito?

O sr. Mercer riu.

– Sério? Minha barriga de tanquinho não existe mais.

– Ele come *muito*. Pode acreditar – disse a sra. Mercer. – Você deveria ver nossa conta do supermercado. – Então seu BlackBerry tocou, ela olhou para a tela e franziu a testa. – Não acredito. A festa é no sábado, e agora a florista está me dizendo que não podemos ter malvas-do-campo nos arranjos de mesa. Eu queria muito usar apenas flores e plantas nativas do Arizona, mas talvez tenha que fazer alguns arranjos de copos-de-leite se a florista não for mais eficiente.

Emma riu bem-humorada.

– Que tragédia, mãe!

Os olhos azul-claros da avó de Sutton se estreitaram, e seu rosto ficou repentinamente duro.

– Olhe como fala, menina – advertiu ela em tom rígido.

As bochechas de Emma ficaram quentes.

– Eu só estava brincando – respondeu em voz baixa.

– Duvido muito – disse a avó, espetando seu filé.

Mais uma vez, houve um longo e desconfortável silêncio. O sr. Mercer limpou a boca com o guardanapo, e a sra. Mercer brincou com o bracelete Chanel em seu pulso. Emma se perguntou o que não estava percebendo.

Vasculhei minha memória enevoada em busca de uma resposta, mas não consegui encontrar nada. Sem dúvida a vovó estava de marcação comigo.

A sra. Mercer olhou para os convivas e depois fechou os olhos.

– Esqueci o jarro de água e os copos. Meninas, podem ir lá dentro pegá-los? – Ela parecia exausta, como se a avó estivesse drenando sua energia.

– Claro – disse Laurel em tom alegre. Emma também se levantou, louca para fugir da avó. Elas foram até a cozinha de ladrilhos espanhóis. As bancadas escuras de pedra-sabão reluziam, e os panos de prato com tema de abacaxi pendiam organizados no puxador do forno. Emma estava pegando o jarro de água quando sentiu certa mão em seu ombro.

— Sutton — chamou o sr. Mercer em voz baixa. — Laurel.

Laurel ficou imóvel com uma bandeja de copos cheios de gelo na mão.

— Soube que Thayer vai voltar para a escola amanhã — disse o sr. Mercer, fechando a porta do pátio. As críticas da avó à sra. Mercer por escolher salsa como a música para a festa evaporaram no mesmo instante. — Não é porque saiu da cadeia que alguma coisa vai mudar. Quero que vocês duas mantenham distância dele.

Laurel contraiu a boca.

— Mas, pai, ele é meu melhor amigo. Você não tinha problemas com ele antes.

As sobrancelhas do sr. Mercer se ergueram.

— Isso foi antes de ele invadir nossa casa, Laurel. As pessoas mudam.

Laurel baixou a cabeça e deu de ombros. Emma notou que ela não fez qualquer menção ao encontro que teve com Thayer no dia anterior.

— Sutton? — O sr. Mercer encarou Emma.

— Hum, vou ficar longe dele — murmurou.

— Estou falando sério, meninas — disse o sr. Mercer em tom grave. Ele olhou diretamente para Emma, e mais uma vez ela se perguntou o que não estava percebendo. — Vou descobrir se você começar a andar com ele, e haverá consequências. — Depois ele virou as costas e retornou ao pátio.

Assim que ele fechou a porta, Laurel voltou-se para Emma. Havia um sorriso doentio em seu rosto.

— Foi inteligente não mencionar que nos viu ontem à noite — disse ela em tom gélido.

Emma fez uma careta.

— Se gosta tanto do Thayer, *você* deveria ter dito alguma coisa. Convencido o papai a não se preocupar.

Laurel jogou o cabelo louro-mel sobre o ombro e se aproximou. Seu hálito cheirava a molho picante para churrasco.

— Nós duas sabemos que às vezes o papai é superprotetor. Se sabe o que é bom para você, vai ficar de boca fechada. Entendeu?

Emma assentiu vagamente. Depois que Laurel voltou ao pátio, Emma se apoiou no balcão da cozinha, sentindo-se exausta de repente. *Se sabe o que é bom para você*. Aquilo tinha sido... uma *ameaça*?

Eu também não sabia. E não estava ansiosa para descobrir.

3

JOGANDO COM O INIMIGO

Quando os Mercer terminaram de jantar, o sol tinha se posto, os sapos haviam começado a coaxar, e o ar estava frio. Emma tinha uma pilha de dever de casa de alemão, mas ficar na mesma casa que Laurel sem poder fazer progresso algum na investigação a encheu de adrenalina. Embora ainda estivesse dolorida por causa do treino, vestiu legging cinza e foi para as quadras de tênis no final do quarteirão. Ela não planejava se esforçar demais.

As quadras estavam vazias. Poucas pessoas passeavam com seus cachorros nas trilhas, e um casal conversava em voz baixa ao lado de um Mini Cooper no estacionamento. Emma escolheu a quadra mais distante, com uma parede apropriada para jogos solo, e colocou três moedas de vinte e cinco centavos no aparelho que ligava as luzes da quadra. Houve um estalo quando ela abriu uma embalagem nova de bolas amarelas felpudas. Quicou uma delas com a raquete algumas vezes antes de lançá-la com delicadeza contra a parede enquanto as dores prévias desapareciam.

Era bom rebater a bola de forma contínua, perdendo-se em pensamentos. Será que Laurel *poderia* ter matado Sutton? Emma não tinha prova alguma, mas também não havia evidência de que Laurel fosse inocente. Ah, se conseguisse encontrar algo pessoal da irmã, como um diário... ou o celular. Laurel o protegia com a própria vida, mas talvez houvesse um jeito de colocar as mãos nele.

É claro que havia outra maneira de descobrir se a garota tinha um álibi para aquela noite: perguntar a Thayer se ela ficara com ele no hospital. Entretanto, a ideia de conversar com Thayer a deixava com os nervos à flor da pele. Emma conseguira convencer a todos, menos Ethan, de que ela era Sutton, mas Thayer e Sutton viveram uma grande história; foram apaixonados. A mesma razão que tornava aquilo assustador também o tornava interessante. Emma estava bastante curiosa sobre Sutton, e Thayer a conhecia melhor que ninguém.

Eu daria qualquer coisa para ver Thayer o máximo possível, mesmo que não pudesse tocá-lo. Por outro lado, não sabia se ia aguentar, se, depois de passar um tempo com ela, ele não perceberia que Emma não era eu.

De repente, as luzes da quadra se apagaram, deixando Emma na escuridão. Ela dobrou as pernas, ofegante, deixando a bola quicar na parede e rolar para o outro lado da quadra. Passos soaram na grama ao lado da quadra, e ela se ergueu, tensa.

— Olá? — gritou Emma. — Ethan? — As quadras de tênis eram o ponto de encontro de Emma e Ethan desde que ela chegara a Tucson, embora não tivessem planejado se encontrar naquela noite.

Não houve resposta, só o farfalhar da vegetação que cercava a quadra. Seus olhos ainda não tinham se ajustado à escuridão, e Emma se aproximou da parede e foi tateando pela madeira lisa. A ponta de seu tênis tocou a cerca de arame, fazendo um *clink*. Ela ficou paralisada, sabendo que tinha acabado de entregar sua localização. Um segundo depois, a eletricidade voltou, inundando a quadra de luz e iluminando uma figura parada na extremidade.

Emma gritou.

A figura se virou e gritou também. Então Emma viu quem era: Nisha Banerjee, rival de Sutton e cocapitã da equipe de tênis. Emma se apoiou à cerca, pressionando as mãos contra os olhos.

– Nisha! Você quase me matou de susto!

– Era você que estava rondando na quadra no escuro! – gritou Nisha. Por um instante, ela pareceu furiosa, mas depois caiu na gargalhada. – Meu Deus. Gritamos como duas menininhas de seis anos que acabaram de ver um filme de terror pela primeira vez.

– Eu sei. – Emma expirou, forçando o coração a desacelerar. – Somos patéticas, não é?

Nisha deu alguns passos em direção a ela. Usava um vestido vermelho de tenista da Adidas e munhequeiras combinando. Seus tênis imaculados estavam amarrados com lacinhos, e seu cabelo preto, preso por uma faixa violeta. Embora sua aparência fosse perfeita, seus olhos estavam vidrados, e seus dedos tremiam levemente. Nisha não gostava de perder o mínimo de controle.

— Está jogando sozinha? – perguntou Nisha.

Emma assentiu.

— Ah, eu ia fazer o mesmo – disse Nisha. Ela abaixou a cabeça e colocou a raquete debaixo do braço. — Então vou deixá-la jogar.

Ela lançou um longo olhar a Emma. Seus olhos castanhos pareciam cansados e tinham olheiras fundas. Emma amoleceu. Estava muito acostumada a brigar com Nisha, mas a garota parecia esgotada e meio tímida. Ela também me parecia diferente. Era estranho ver as pessoas de uma perspectiva distante, como se tudo o que eu acreditava ser verdade não passasse de uma fachada cuidadosamente construída.

Emma pigarreou.

— Por que não está jogando nas quadras que ficam perto da sua casa? — Nisha morava perto do Sabino Canyon, e Emma tinha visto uma quadra na entrada de seu condomínio.

Nisha deu de ombros.

— Estavam cheias. E eu queria ficar sozinha.

Emma girou a raquete na mão.

— Bem, já que nós duas estamos aqui, quer jogar?

O maxilar de Nisha se contraiu. Emma viu pelo leve tremor de cílios que a outra queria perguntar exatamente aquilo.

— Hum, claro – disse ela, fingindo indiferença. — Se você quiser.

— Quero – confirmou Emma, percebendo que era verdade. Ela nunca tinha visto aquela garota com uma aparência mais vulnerável, e isso a tocou de alguma forma. Havia outra coisa em que também pensou: Nisha era o álibi de Laurel para 31 de agosto, a noite em que Sutton desaparecera. Ela dissera a Emma que Laurel ficara a noite inteira em sua casa, o que, definitivamente, não era verdade. Será que Nisha mentira? Ou será que Laurel havia saído de fininho depois de a amiga adormecer?

Foram para lados opostos da quadra. Nisha ajeitou o vestido de tenista, e Emma riu.

– Preciso falar. Só você se veste como Serena Williams em uma quadra escura e deserta, Nisha – implicou ela, jogando a bola para o alto e golpeando-a com força.

– Vou tomar isso como um elogio – disse Nisha quando a bola zuniu em sua direção. Ela rebateu com força. Emma tentou alcançá-la, mas a bola passou por ela, batendo contra a cerca de arame.

– Justo. – Emma riu. – Zero a quinze – disse, indo pegar a bola. Desta vez, ela sacou de leve por sobre a rede, e Nisha rebateu com facilidade, criando o clima de um jogo amistoso.

Elas jogaram algumas partidas, ambas comentando como era incrível ainda terem energia após o treino exaustivo daquele dia. Depois que Emma acertou o backhand na rede, Nisha fez uma pausa para beber água de sua garrafa.

– Soube que você está namorando o Ethan Landry.

– Pois é – disse Emma, corando um pouco.

Nisha enxugou a boca.

– Então ele realmente *fala*?

– Claro que fala. Muito.

– Isso é uma novidade para mim. – Nisha colocou a garrafa d'água sobre o banco. – Minha mãe o chamava de E. Calado. Pegávamos o mesmo ônibus, e ele nunca disse uma palavra para mim, nem para ninguém, durante todo o oitavo ano.

– Ele só é tímido – murmurou Emma, esquecida de que Nisha e Ethan eram vizinhos. Era duro ouvir sobre os dias de silêncio de Ethan. Ela odiava o fato de ele não ter muitos amigos.

— Ah, timidez é legal. — Nisha balançou as pernas, então lançou um olhar de inveja a Emma. — E sem dúvida ele é um gatinho.

Agora sim.

— Eu sei — disse Emma, estremecendo de prazer, pensando nos beijos que dera em Ethan no planetário na noite anterior. — O que está rolando entre você e Garrett? — Nisha tinha ido com o ex de Sutton ao Baile de Boas-Vindas algumas semanas antes, parecendo muito satisfeita consigo.

Nisha deu de ombros.

— Na verdade, nada. — Então ela tomou outro gole de água e mudou de assunto. — Lembra-se de quando éramos pequenas e contávamos quantas vezes conseguíamos rebater antes de alguma das duas errar? — perguntou ela. — Nosso próprio *recorde mundial* — continuou, fazendo uma voz mais grave para parecer um locutor de esportes.

Emma sorriu para si mesma. Por mais itens que colocasse na lista *Diferenças Entre Mim e Sutton*, elas tinham muitas características em comum. Ela costumava contar rebatidas com Stephan, o irmão temporário russo, quando jogavam partidas intermináveis de pingue-pongue no porão. Mesmo agora, se pegava contando por hábito durante treinos e partidas.

— Parece que foi há uma eternidade — continuou Nisha. — Eu sempre gostava quando você e Laurel me incluíam. — Então seus lábios se contraíram, como se ela tivesse falado demais. Ela tomou um grande gole da garrafa d'água. — Enfim — disse com rigidez. — Está pronta para tomar outra surra de mim?

Mas Emma não se moveu.

— Ser filha única é solitário — comentou ela em tom suave.

Nisha a olhou bruscamente

— Você não sabe como é. Você tem a Laurel.

Emma mordeu o lábio e desviou os olhos. Estava falando de si mesma, é claro. Mesmo com tantos irmãos e irmãs temporários, sentia-se perdida e sozinha. Ela desejava um irmão ou uma irmã, *algum* tipo de família. Foi um daqueles momentos em que teve vontade de contar a Nisha a *própria* experiência, mas não pôde.

Então Nisha suspirou.

— Mas você está certa, é solitário. Especialmente quando sua mãe... se foi. Amo meu pai, mas ele não é o que se possa chamar de ótima companhia.

Emma assentiu. Ela sabia que a mãe de Nisha tinha morrido durante o verão, mas Nisha nunca mencionara o fato. Contudo, naquele momento, ela parecia *querer* falar do assunto. Como se quisesse que alguém a ouvisse.

— Vocês eram muito próximas, não é? – perguntou Emma.

Uma nuvem passou pela lua. Um papa-léguas atravessou correndo o estacionamento. Nisha contornou o logo da Nike na garrafa d'água.

— Adorávamos cozinhar juntas e fazer festas indianas enormes. Minha mãe me achava magra demais. Estava sempre tentando me engordar.

— Parece coisa de mãe — disse Emma, pensando na vovó Mercer com o filho. — Você ainda... fala com ela?

Nisha lançou a Emma um olhar estranho, ficando com o rosto vermelho.

— Como você sabia?

Emma fixou os olhos na rede branca no meio da quadra.

– Foi só um palpite. Eu falo com minha mãe biológica.

Nisha ergueu uma das sobrancelhas.

– Mas você nem *conheceu* sua mãe biológica.

– Eu sei – retrucou Emma de pronto. – Mas sei que ela está por aí. E me pergunto sobre ela o tempo todo. Quando as coisas ficam muito difíceis, converso com ela, que sempre escuta. – Deu um sorrisinho. A Becky imaginária era muito mais atenciosa do que a Becky real jamais fora.

Nisha rolou a bola de tênis na palma da mão.

– Converso com ela quando estou no carro – contou em voz baixa. – Falar com ela em casa parece arriscado... não quero que meu pai escute. Mas, quando estou indo para a escola ou outro lugar, tenho monólogos inteiros com ela. Quando paro nos sinais, ainda falando sozinha, vejo pessoas olhando. Devem achar que estou conversando com alguém por Bluetooth ou coisa assim, não com minha mãe morta.

De repente, Nisha se retraiu e encarou Emma como se tivesse esquecido que ela estava ali.

– Você deve achar isso superesquisito, não é? Vai contar para suas amigas? – perguntou, piscando rapidamente.

– Não! – Emma colocou a mão sobre o coração. – Juro. Seu segredo está a salvo comigo. – Como Nisha ainda parecia preocupada, Emma tocou levemente seu ombro. – Fico feliz por ter me contado. Acho ótimo você conversar com ela. E quer saber? Seria estranho se não conversasse.

Nisha mexeu na munhequeira em seu pulso, ainda parecendo envergonhada.

– Bem, tenho que ir. Aquele trabalho de inglês está me chamando.

— É, tenho uns dez minutos antes de meu pai chamar a polícia. Ele anda rígido nos últimos tempos. — Emma guardou as coisas na bolsa. Quando as duas garotas saíram da quadra em direção à rua, andando no mesmo passo, Emma se deu conta de que tinha se esquecido completamente de perguntar a Nisha onde Laurel estava na noite da morte de Sutton. Em vez disso, se viu ocupada demais criando um laço com a pior inimiga de Sutton. E tinha sido meio que... *legal*.

Eu dava todo o apoio, desde que Emma mantivesse a calma. Nisha sempre fora um estorvo para mim, e eu não achava que algo tivesse mudado. Mesmo assim, é como dizem: mantenha seus amigos por perto e seus inimigos mais perto ainda. Sobretudo quando esse inimigo pode saber onde estava a principal suspeita de assassinato na noite em que morri.

4
A ÁRVORE MESQUINHA

Na manhã de terça-feira, Emma parou no estacionamento do Hollier High, nas colinas de Tucson. Centenas de cactos, alguns espinhosos, outros com flores, compunham a paisagem. As montanhas erguiam-se atrás da escola, vermelhas e majestosas. O estacionamento fervilhava de alunos. Um jipe cheio de atletas passou tocando uma música antiga da Dave Matthew's Band no volume máximo pelos alto-falantes. Um grupo de garotas bonitas de jaquetas de couro combinando trocava brilhos labiais ao lado de um conversível vintage. Ônibus escolares bufavam ao virar a esquina, a equipe de atletismo dava uma última volta pelo campo em seu treino matinal, e vários garotos se agrupavam perto de arbustos espinhentos, tentando esconder que estavam fumando.

Quando Emma saiu do carro, duas garotas de minissaia passaram fofocando sobre Thayer em voz alta. Era o primeiro dia dele de volta à escola. Os boatos sobre sua ausência circulavam havia semanas: que ele tinha sido preso, que estava trabalhando em uma grande produção de Hollywood, que fizera mudança de sexo. Apenas o primeiro era verdade: na semana anterior, ele tinha passado alguns dias na cadeia por invadir a propriedade dos Mercer e resistir à prisão.

Emma ouviu uma porta bater ao lado dela. As duas melhores amigas de Sutton, Madeline e Charlotte, saíram de um SUV preto. Madeline, que tinha o cabelo preto e lustroso e o rosto em forma de coração, usava botas de salto alto e calça jeans justa, que parecia ter sido feita especificamente para seu corpo de dançarina. No interior de seu pulso, um botão de rosa vermelho estava tatuado, e na parte de trás de seu iPhone havia um adesivo que dizia MÁFIA DO LAGO DOS CISNES. Emma ainda não sabia bem o que aquilo significava. Charlotte, que era meio rechonchuda, mas tinha a pele linda e clara e um cabelo ruivo grosso, jogou uma enorme bolsa monogramada da Louis Vuitton sobre o ombro no mesmo instante em que um SUV estacionou na vaga ao lado. Dele saíram as Gêmeas do Twitter, Lilianna e Gabriella, cujas únicas semelhanças eram o cabelo louro e os olhos azuis. *Todo o Jogo da Mentira está presente*, pensou Emma, referindo-se à panelinha de trotes de Sutton. Bem, *quase* todo o grupinho. Laurel havia recusado a carona de Emma para a escola, dizendo que tinha "outros planos".

Lili foi até Emma estalando os stilettos pretos.

— A administração deveria reservar essas vagas para a gente permanentemente — gorjeou ela, tocando o colar de correntes estilo punk. Lili e Gabby só tinham se tornado integrantes oficiais do Jogo da Mentira poucas semanas antes e falavam do novo status sempre que podiam.

– Já consigo até ver. – Gabby juntou-se à conversa. – 'Reservado para Gabby'. Ficaria incrível em uma placa. – Ela enfiou uma mecha de cabelo liso atrás da orelha. Era o oposto de Lili, com um bolero rosa-claro de caxemira, uma polo verde de patricinha, jeans skinny e sapatilhas de couro envernizado com laços na ponta. Parecia pronta para ir a uma partida de críquete.

O telefone de Madeline apitou em sua enorme bolsa de camurça. Ela sorriu ao pegá-lo.

– Meu irmão é muito idiota – disse ela, revirando os olhos em um gesto divertido. Seus dedos voaram sobre o teclado enquanto escrevia uma resposta.

– Onde *está* o Thayer? – Gabby olhou em volta, como se ele pudesse estar escondido atrás do carro de Madeline.

– Ele vai chegar um pouco mais tarde – contou Madeline. – A diretora não quis que ele criasse tumulto antes da aula. Acabou de me mandar uma mensagem dizendo que está no quarto, morto de tédio, jogando Mario Kart. – Ela soltou uma risadinha. – Ele não jogava desde que tinha uns nove anos.

O primeiro sinal tocou a distância, avisando que as aulas começariam em dez minutos.

– Laurel está com ele? – perguntou Emma. Ela não tivera a intenção de dizer isso, mas onde mais Laurel poderia estar? Tinha desaparecido naquela manhã sem dar explicações.

Madeline levantou o rosto de um jeito brusco.

– Acho que não.

— Tem certeza? – pressionou Emma.

— Por que o interesse? – Charlotte cutucou as costelas de Emma. – Achei que você tivesse um novo namorado, Sutton.

— Tenho – insistiu Emma. – Eu só...

— Eu gostaria que você ficasse longe do Thayer – interrompeu Madeline. – Amo você, Sutton, mas você acabou com ele. Eu morro se ele fugir de novo.

— Eu não quero *ficar* com Thayer! – protestou Emma entre os dentes. – Só queria saber onde Laurel estava.

Não resisti e lancei um olhar de ódio para Madeline. Eu não tinha prejudicado Thayer. No máximo, ele tinha acabado *comigo*, fugindo sem me dizer para onde ia, depois voltando à cidade na surdina para me encontrar em lugares isolados como o Sabino Canyon. Ele podia estar mancando por minha causa, mas *eu* não tinha culpa.

— Tudo bem, essa reunião está oficialmente me entediando. – Charlotte jogou o cabelo ruivo por cima do ombro. – Vamos, meninas. Estou louca por um café. Mal dormi ontem. Meus pais me deixaram acordada a noite inteira com um de seus festivais intermináveis de gritos.

— Eu pago os *lattes* – disse Lili, ajustando a faixa no cabelo. Charlotte e as Gêmeas do Twitter foram em direção ao quiosque de café da escola. Emma as seguiu, e Madeline acertou o passo com ela, o que Emma considerou uma oferta de paz. Ela tentou não levar para o lado pessoal o fato de que Madeline basicamente a proibira de falar com seu irmão. Ela só o estava protegendo.

Elas percorreram o gramado frontal e fizeram uma curva fechada para a esquerda, desviando-se de alunos que carregavam estojos de instrumentos, de uma garota com o nariz enfiado em um livro e de um casal que se beijava perto da fonte. O quadro de avisos estava coberto de pôsteres do Baile da Colheita, a maioria exibindo a silhueta branca de um casal dançando. Quando chegaram à entrada principal, notaram uma multidão reunida do outro lado das portas. O primeiro pensamento que Emma teve foi que Thayer tinha voltado mais cedo, mas Charlotte parou tão de repente em sua frente que Emma quase esbarrou nas costas dela.

– Mas que droga! – Gabby ofegou.

Madeline empurrou os óculos de tartaruga para o topo da cabeça.

– Quê?!

Uma fileira de árvores servia de sentinelas diante da escola. Serpentinas prateadas estavam entrelaçadas aos galhos finos, e dúzias de sutiãs de renda e camisinhas cheias de ar pendiam dos ramos. Balões em forma de pênis oscilavam ao redor de um tronco, que tinha sido pintado de preto com tinta spray. Presa entre as árvores havia uma faixa que dizia: CURVEM-SE E VENEREM-NOS, VADIAS. O efeito geral era o de uma árvore de Natal pornográfica ou de uma despedida de solteiro em Las Vegas que não deu certo.

– Ah, meu Deus! – exclamou Clara Hewlitt, uma garota de cabelo escuro do segundo ano que participava da equipe de tênis, com os olhos castanhos arregalados.

– Só podem ser elas – sussurrou um magrelo do terceiro ano com um rabo de cavalo louro e sujo.

Todos os olhos se fixaram em Emma e nas amigas de Sutton. Ela esquadrinhou o pátio, vendo vários rostos que reconhecia, mas muitos que não tinha visto antes. O ex de Sutton, Garrett Austin, estava parado ao lado da irmã mais nova, Louisa, olhando Emma com desdém. Lori, uma garota da aula de cerâmica, observava Emma com admiração e respeito. Os lábios cor de cereja de Nisha estavam contraídos enquanto ela lia a pichação. Os olhos de Emma encontraram os seus, e ela desviou o rosto.

Lili virou-se e olhou para Emma, Madeline e Charlotte. Seu rosto estava contraído de dor.

— Vocês nos deixaram de fora de um trote?

Charlotte balançou a cabeça devagar.

— Não fomos nós.

— É sério — acrescentou às pressas Madeline. — A não ser que eu tenha feito isso durante um episódio de sonambulismo.

— Ah! — Lili se animou. — Bem, neste caso... — Ela e Gabby pegaram seus iPhones e apontaram para a confusão. — Digam *Twitpic*!

Madeline tirou o telefone da mão de Lili antes que ela conseguisse bater a foto.

— Isso não é *legal*. É só um vandalismo tosco.

Lili fechou a boca, intimidada.

— Quem você acha que fez isso?

Madeline passou os olhos pela multidão. De repente, eles se arregalaram.

— Ali — sussurrou ela, indicando com a cabeça algo perto do poste de luz.

Emma seguiu seu olhar. Um grupo de quatro garotas estava de costas para as árvores desfiguradas. Todas usavam jeans skinny escuro e tênis Converse e tinham ousados cortes de cabelo. A julgar pela expressão dura e dominadora no rosto de uma loura com pontas tingidas, Emma supôs que ela fosse a líder e detectava um ar de satisfação em cada uma delas.

— Não *acredito* – sussurrou Charlotte.

— Tenho quase certeza – murmurou Madeline. – Só podem ter sido elas.

Gabby usou seu telefone para dar um zoom no rosto das meninas. A Garota de Pontas Tingidas parecia ainda mais cruel e durona de perto.

— *Vadias*.

— Quem são elas? – perguntou Emma, sem se importar se Sutton já deveria saber.

Eu não sabia. Elas pareciam novas, provavelmente calouras, então eu nunca as vira. Eu tinha morrido antes do primeiro dia de aula, e nem morta andaria com alguém do Ensino Fundamental.

— Ariane Richards, Coco Tremont, Bethany Ramirez e Joanna Chen – disse Madeline. – Uma garota do segundo ano que faz aula de dança comigo falou sobre as meninas. Elas eram *nós* na Saguaro Middle School. Mas os trotes que dão são supertoscos. Roubam a mascote da escola, escrevem coisas cruéis com batom nos armários das garotas, substituem as canetas do quadro branco por marcadores permanentes.

— Supertosco – comentou Charlotte, reprimindo um bocejo.

— De agora em diante, serão conhecidas como as Quatro Cafajestes – entoou Lili em tom de falsa dramaticidade, digitando em sua touch screen. – E não se preocupe, Mads. Meu tuíte irá colocá-las no devido lugar.

— É, vamos ver quem vai se curvar a quem em breve – disse Charlotte em tom sombrio, contraindo o maxilar quadrado.

Quatro Cafajestes Destroem Propriedade da Escola. Emma criou a manchete em silêncio, passando os olhos mais uma vez sobre a lingerie vulgar. A exibição era mais cafona que a tatuagem de tubarão com a qual seu último irmão temporário, Travis, tinha chegado em casa depois de uma bebedeira de trinta e seis horas.

— Uau! — exclamou uma voz familiar. Emma se virou e viu Laurel chegando por trás delas, com o vestido de algodão azul oscilando à brisa. Seu cabelo louro reluzia sob o sol, e sua boca estava tão aberta que Emma conseguia ver os molares. — Que loucura.

Nesse momento, as portas da escola se abriram, e a sra. Ambrose, a diretora, saiu às pressas para o gramado. Os alunos abriram caminho para ela; estava indo diretamente até as amigas. Emma observou, desamparada, a mulher se aproximar cada vez mais a passos largos. Os cantos dos lábios da diretora estavam curvados para baixo. Seu olhar dizia: *Agora vocês passaram dos limites, garotas.*

Emma abriu seu melhor sorriso de Sutton Mercer.

— Olá, sra. Ambrose — disse ela em tom doce. — Acredita que alguém fez isso?

A diretora a ignorou, agarrando seu braço com uma das mãos e o de Laurel com a outra.

— Espere! — gritou Laurel. — Não fomos nós!

Seus gritos foram abafados pelos passos dos dois seguranças que corriam em meio à multidão. Com movimentos rápidos e hábeis, um dos fortões segurou Charlotte e Madeline, e o outro pegou as Gêmeas do Twitter.

— Vocês não estão entendendo! — gritou Madeline com a voz vulnerável.

— Armaram para nós! — protestou Charlotte.

A sra. Ambrose revirou os olhos.

— É o que dizem *todas as vezes*, garotas. Vocês vêm conosco.

Emma sentiu as pernas se movendo sob ela quando a diretora a puxou em direção à porta. Pouco antes de a multidão se fechar atrás dela, Emma viu de relance as quatro calouras encarando-as com enormes e extáticos sorrisos que diziam "saímos impunes". Era provável que as garotas só quisessem deixar sua marca na escola (literalmente), mas o verdadeiro dano que tinham causado fora às integrantes do Jogo da Mentira.

São mesmo Quatro Cafajestes, pensei com raiva. Aquelas vadias vão cair.

5

AS QUATRO CAFAJESTES

O escritório da sra. Ambrose cheirava a donuts açucarados e livros velhos e mofados. Nas paredes havia fotos em molduras baratas, pôsteres motivacionais cafonas com águias voando sobre geleiras e um diploma de mestrado da universidade Arizona State. O panfleto de uma conferência educativa em Sedona na sexta seguinte estava sobre a escrivaninha de nogueira, junto com vários arquivos disciplinares e um grampeador vermelho. A cadeira ergonômica da diretora Ambrose estava afastada da mesa, desocupada. Ela saiu por um instante, deixando Emma e as outras sozinhas no escritório.

Os pôsteres de águia desencadearam um pequeno fragmento de lembrança: sem dúvida, eu tinha passado muito tempo ali. Minhas outras amigas, por sua vez, sobretudo Laurel e as Gêmeas do Twitter, pareciam apavoradas. Charlotte estava sentada ao lado de Emma, sacudindo a coxa ao ritmo do relógio de parede da diretora. Madeline e Laurel estavam em duas cadeiras de encosto alto viradas para a escrivaninha, olhando as unhas. As Gêmeas do Twitter tinham se espremido em uma poltrona para uma só pessoa, parecendo um yin-yang humano.

Lili soltou um longo suspiro e se curvou para frente em um gesto dramático, apoiando o rosto nas mãos.

– Alguém tem um saco de papel em que eu possa respirar?

– Calma – disse Madeline revirando os olhos. Seus traços de porcelana estavam contraídos, como uma máscara dura.

– Como você consegue manter a calma? – Gabby alisou uma prega da camisa polo. – Juro por Deus, se isso atrapalhar meu sonho de entrar para uma universidade de ponta, não sei o que vou fazer.

– Gabs, suas *notas* vão atrapalhar seu sonho de entrar para uma faculdade de ponta – disparou Charlotte. – E eles não podem nos punir. Não fizemos *nada*.

– Mas acham que fizemos – gemeu Lili.

Charlotte lhe lançou um olhar frio e calculista.

– Você quis entrar no Jogo da Mentira. Essas coisas são ossos do ofício.

– Quer que sua participação seja revogada? – perguntou Madeline.

Gabby abriu a boca rapidamente, mas, antes que conseguisse falar, a sra. Ambrose voltou com uma expressão tensa no rosto flácido. Por mais estranho que pareça, ela lembrava uma luva de beisebol. Seus olhos castanhos eram da cor de madeira velha e podre. A pele de seu rosto era enrugada e gasta. Ela usava o cabelo louro-claro repicado, ao estilo dos anos 1980, provavelmente a última vez que fora a um cabeleireiro.

A diretora sentou-se pesadamente em sua cadeira e olhou para todas elas.

— Vocês passaram os últimos quatro anos virando esta escola de cabeça para baixo, e vou dar um fim a isso agora. — Ela concentrou sua atenção em Emma, umedecendo os lábios finos com avidez.

Provavelmente, estava louca para pôr as mãos em Sutton Mercer. Mal sabia que isso não era mais possível, pensei, sombria.

— Sra. Ambrose, não fomos nós — disse Emma às pressas.

— Foram aquelas calouras vadias! — gritou Lili.

A sra. Ambrose virou-se para encarar Lili.

— Olhe a língua, srta. Fiorello.

— Sra. Ambrose — começou Madeline. — O que Lilianna está tentando dizer é que...

A diretora ergueu uma das mãos rechonchudas.

— O que *eu* estou tentando dizer é que sei que foram vocês, e as câmeras de segurança vão provar isso.

Emma se recostou.

— Que câmeras? — desafiou ela. Hollier era um colégio público. Mal tinha dinheiro para os guardas, muito menos para sistemas de segurança.

A expressão fria da sra. Ambrose vacilou levemente, como se ela não esperasse que Emma expusesse seu blefe.

Emma pressionou:

— Se vocês tivessem câmeras, saberiam que não fomos nós. — E se *tivessem* câmeras, sem dúvida as participantes do Jogo da Mentira já teriam sido suspensas muito tempo antes, acrescentou para si mesma, pensando em todos os vídeos de trotes que vira no computador de Laurel. Vários tinham acontecido no campus, e um deles incluíra pendurar de cabeça para baixo a bandeira dos Estados Unidos da escola.

A sra. Ambrose cerrou os lábios até quase desaparecerem.

– De um jeito ou de outro, assim que eu tiver provas, não terei dificuldades em expulsar todas vocês.

– Bem, estamos ansiosas para ver essas provas, que você terá dificuldade de encontrar, já que não fomos nós – disparou Emma, endireitando-se. – E se isso é tudo, estamos atrasadas para a chamada.

As outras logo se levantaram e seguiram Emma porta afora.

– Srta. Mercer! – chamou a sra. Ambrose quando ela saiu, mas Emma continuou em frente, embora o coração batesse rápido como um beija-flor em seu peito. Ela imaginou que era algo que Sutton faria. E, se havia algum momento para mostrar às amigas que ela era a líder destemida, era esse.

Devo admitir que fiquei impressionada com a coragem de Emma. Ela estava se tornando mais parecida comigo a cada segundo.

Durante o almoço, Emma sentou-se no pequeno pátio de tijolos vermelhos do lado de fora do refeitório, esperando as amigas de Sutton chegarem. Apenas veteranos e alguns poucos e selecionados alunos do terceiro ano tinham permissão de comer ali, e, embora a temperatura tivesse caído, os frequentadores habituais continuavam em seus postos. O time de futebol americano estava sentado à mesa do canto comendo sanduíches. Garrett esticou o pescoço por cima da cabeça do goleiro, deixando claro que estava olhando para Emma. Ela estremeceu e desviou os olhos.

Garrett implicava com ela desde a festa de aniversário de dezoito anos de Sutton, quando tinha se oferecido e ela o recusara ostensivamente. Na noite do Baile de Boas-Vindas, ele a encurralara no armário de suprimentos para confrontá-la sobre o namoro com Ethan e a história com Thayer. Emma não tinha nenhuma evidência de que ele fizera mal a Sutton, mas ainda não o descartara como suspeito. Era possível que soubesse que Sutton estava saindo às escondidas com Thayer e quisesse vingança.

Era algo em que eu também tinha pensado. Garrett era um cara bonzinho, e eu não achava que ele tivesse coragem de me matar, mas a essa altura estava disposta a considerar *qualquer um* suspeito.

– Vai comer sozinha? – perguntou uma voz. Emma olhou para cima e viu Charlotte segurando um suporte de papelão com quatro bebidas quentes. Emma inspirou. Cheiravam a chocolate quente, uma boa mudança dos galões de café que Sutton e as amigas normalmente bebiam.

– Não mais – disse Emma, afastando seu texto de alemão. Charlotte se sentou e jogou os cachos ruivos para trás dos ombros. – Soube que as Gêmeas do Twitter vão ficar em detenção?

– Por causa do trote?

Charlotte revirou os olhos.

– Não. Foram pegas tuitando durante a aula. Provavelmente para o advogado do pai ou coisa do tipo.

Emma riu.

– Elas precisam relaxar.

Um grito ressoou do outro lado do pátio. Uma garota gordinha de legging e sapatilhas Tory Burch apontava para algo fora de vista.

– É o Thayer Vega!

No mesmo instante, um silêncio caiu sobre o pátio. Charlotte congelou com o chocolate quente a centímetros dos lábios, e Emma levantou-se devagar. Ali, na porta, estava Thayer, seguido por Laurel e Madeline. Seu cabelo escuro caía desordenadamente sobre os olhos, e ele usava um colete acolchoado da North Face e calças surradas de veludo cotelê cinza. Atravessou o pátio com confiança, ou com tanta confiança quanto alguém pode ter quando está mancando.

O fato de mancar o deixava ainda mais sexy, como se ele fosse vulnerável, mortal. Então meu olhar deslocou-se para Laurel. Ela sorriu para ele de modo sedutor, balançando o cabelo louro-mel, solto do rabo de cavalo. Ele olhou para ela com afeição. *Não*, pensei. Esse era *meu* tipo de entrada. E Thayer deveria olhar daquele jeito para *mim*.

A capitã do time de futebol feminino quebrou o silêncio.

– Thayer Vega para rei do Baile da Colheita! – gritou ela. Um aplauso começou entre os alunos.

Thayer pigarreou, constrangido, depois colocou a bandeja ao lado da de Emma. Ela ficou paralisada de surpresa. Por que não se sentava com os jogadores de futebol? Ela espiou a mesa de Garrett, mas nenhum dos garotos olhava na direção dele. Será que todos escolheram o lado de Garrett?

Como se lesse sua mente, Thayer indicou a mesa do futebol com a cabeça.

– Ao que parece, não sou mais tão útil para eles agora que não posso chutar.

Emma sentiu o cheiro de seu xampu mentolado quando ele se virou para ela no banco. O sol era refletido em seus olhos, tornando-os castanho-dourados. Emma puxou o lábio inferior para dentro da boca.

– Como está seu primeiro dia de volta?

– Bem. Tirando meus velhos companheiros de futebol, acho que nunca fui tão popular – comentou ele, com a sugestão de um sorriso malicioso. – Talvez eu devesse sumir com mais frequência.

Madeline sentou-se ao lado de Thayer e lhe deu um tapa.

– Nem brinque com isso! – Depois ela estreitou os olhos para Emma, como se dissesse: *Lembra-se do que eu disse?*

Emma sentiu outro par de olhos sobre ela: os de Laurel. A irmã de Sutton a encarava furiosamente, deslocando o olhar do rosto para os dedos de Emma e Thayer. Emma não tinha se dado conta de que estavam quase se tocando. Ela pegou às pressas seu copo de chocolate quente, afastando-se um pouco de Thayer.

– Onde está seu *namorado*, Sutton? – perguntou Laurel em tom pungente.

– Levando a mãe ao médico – contou Emma com frieza. – Onde está *seu* namorado? Já o dispensou oficialmente?

Laurel mastigou com raiva um palito de cenoura, sem responder. As outras pessoas da mesa se remexeram, desconfortáveis. Por fim, Charlotte pigarreou.

– Então, animadas para a festa do seu pai no sábado?

Madeline começou a contar uma história sobre uma desastrosa festa de aniversário do pai alguns anos antes. Mas, antes que conseguisse chegar à melhor parte, os alto-falantes sobre as portas crepitaram.

— Olá, alunos do Hollier — disse uma voz rouca. — Aqui é a diretora Ambrose. Tenho um comunicado relativo ao Baile da Colheita da sexta-feira que vem.

Os alunos do pátio ficaram atentos, e conversas foram interrompidas.

— Devido ao recente episódio de vandalismo na propriedade da escola — continuou a sra. Ambrose —, sinto informar ao corpo estudantil que o baile foi cancelado. A não ser que os responsáveis se apresentem, essa decisão é definitiva.

Todos arfaram coletivamente. Garotas gemeram. A mesa do time de futebol ficou furiosa. Uma garota até começou a chorar. O estômago de Emma afundou. Ela pensou no momento em que Ethan a convidara para o baile e no quanto se animara para vê-lo de terno.

— Eu falei que eles não tinham câmeras — retrucou Emma em tom derrotado.

— *Merda* — disse Madeline em voz baixa.

— Isso é péssimo — comentou Laurel quando todas as cabeças se viraram para ela, Emma, Charlotte e Madeline. Os olhares não eram amigáveis. As expressões de todos diziam: *Como vocês se atrevem?* As garotas sentadas à mesa ao lado do grupo do Jogo da Mentira se levantaram de uma só vez e foram embora, como se Emma e as outras estivessem infectadas pela peste negra.

O som dos pompons encheu o ar, e três animadoras de torcida passaram e fixaram os olhares em Emma e suas amigas.

— Obrigada por estragarem *tudo* — disparou a mais alta, que depois jogou o cabelo por sobre o ombro e seguiu em frente.

Charlotte se afundou no banco.

— Não sou tão rejeitada desde que fui a garota mais magra do acampamento para gordos.

Laurel cutucou Madeline.

— Algumas dessas garotas não são da sua aula de dança? Diga a verdade a elas!

O olhar de Madeline estava fixo em outra coisa. Emma se virou. Ali, sentadas logo depois das portas do refeitório, brindando com suas Cocas diet e sorrindo maliciosamente como se tivessem se safado de um assassinato, estavam as Quatro Cafajestes. Emma tentou lançar-lhes o olhar mais desagradável que pôde, mas as garotas se limitaram a encará-la, sem se intimidarem.

Eu não acreditava na coragem daquelas vadias. Onde estava o respeito?

— Temos de pegá-las — murmurou Emma.

— Como? — Madeline se curvou para frente sobre sua bolsa Hogan, olhando ansiosa para Emma.

— Humm. — Emma ganhou tempo. Quebrou a cabeça para encontrar uma ideia digna de Sutton. — Com outro trote.

— E essa é minha deixa para ir embora — disse Thayer em voz baixa. Ele colocou a bolsa preta sobre o ombro e começou a atravessar o pátio.

Uma onda de nervosismo atravessou Emma. Nos últimos tempos, os trotes do Jogo da Mentira estavam saindo de controle. Alguns deles, como o desaparecimento de Gabby no deserto, tinham sido claramente perigosos.

— E se for... um trote *legal*?

Laurel enrugou o nariz.

— Por que seríamos legais com elas?

Uma ideia estava se formando na mente de Emma.

— Prestem atenção na minha ideia. Vamos fazer nosso *próprio* baile na sexta que vem... com uma lista de convidados bem restrita. — Ela olhou para as garotas do outro lado das portas do refeitório. — Não vamos convidar certo quarteto de calouras, se é que me entendem.

Charlotte soltou um gritinho animado.

— Adorei!

— *Brilhante!* — exclamou Madeline. — Isso vai fazer todos nos amarem outra vez *e* exclui as garotas que nos queimaram.

Eu precisava admitir que também gostei. Estava impressionada por minha irmã ter pensado nisso. E eu até achava legal ao menos uma vez fazermos um trote que não prejudicasse ninguém. De meu novo ponto de vista elevado, eu não me sentia muito bem ao ver como minhas amigas e eu tratávamos as pessoas e umas às outras. Será que as coisas teriam sido diferentes, que *eu* teria sido diferente, se Emma fizesse parte de minha vida antes de eu morrer? Será que ela despertaria um lado melhor e mais gentil em mim? Ou conviver comigo a teria tornado tão cruel quanto eu?

Charlotte jogou o cabelo no ombro.

— Acho que uma sessão de planejamento de trote é necessária. Alguém quem ir às fontes termais?

— Perfeito — disse Madeline bem na hora em que o sinal tocou indicando o final do almoço. — Amanhã à noite?

— Combinado. — Emma recolheu os livros e os enfiou na mochila de couro de Sutton. No instante em que ia se levantar da mesa, reparou mais uma vez nas Quatro Cafajestes. Elas a encaravam, observando cada passo como falcões seguindo a presa.

Cuidado, mana. Quando brincamos com fogo, qualquer um pode nos queimar. Até um calouro.

6

ARMÁRIO DE EVIDÊNCIAS

Naquela tarde, batia sol na quadra de tênis do Hollier enquanto elas se alongavam para aquecer. Todas faziam versões próprias das posturas da ioga. Clara se dobrou na postura do Cachorro Olhando Para Baixo. Charlotte jogou a perna para trás, alongando o quadríceps. Laurel estava a alguns metros das outras, enrolando a pegajosa fita esportiva branca no calcanhar. Ela parecia perdida em pensamentos, provavelmente sobre Thayer.

Embora teoricamente telefones não fossem permitidos no treino, Emma estava com o iPhone de Sutton na palma das mãos, lendo a mensagem mais recente de Ethan. ESTOU MUITO CHATEADO POR CAUSA DO BAILE, disse ele.

NÃO FIQUE, respondeu Emma. EU E MINHAS AMIGAS TEMOS UMA IDEIA PARA COMPENSAR.

TOME CUIDADO!, alertou Ethan. QUER MESMO SE METER EM MAIS CONFUSÃO?

VAI SER ÓTIMO, digitou Emma rapidamente. PROMETO. O JOGO DESTA NOITE AINDA ESTÁ DE PÉ? Havia uma partida de futebol masculino no Wheeler, o colégio rival, que garantiria o lugar deles nas finais distritais. Como Sutton, esperava-se que ela fosse. Como o namorado de Sutton, também se esperava que Ethan fosse.

ACHO QUE SIM, respondeu Ethan. Emma sentia sua hesitação pelo telefone. MEU PRIMEIRO JOGO DE FUTEBOL... E ESTOU NO ÚLTIMO ANO. RS.

SE SERVIR DE CONSOLO, TAMBÉM É MEU PRIMEIRO JOGO, respondeu Emma. PEGO VOCÊ ÀS SETE.

– Trocando mensagens com Ethan? – provocou Charlotte, aproximando-se e jogando-se no banco.

Emma cobriu a tela, envergonhada.

– Como sabe?

– Porque você está com uma expressão idiota e apaixonada. – Charlotte a cutucou. – Antes do cancelamento do baile, os boatos diziam que Ethan ia ser coroado o Rei da Colheita.

Emma ficou de queixo caído.

– Sério?

– Não fique tão surpresa. Ele está namorando *você*. Claro que ia ser indicado. – Charlotte dividiu seu rabo de cavalo ao meio e puxou para firmá-lo.

– Estão prontas, mulheres do Hollier? – ressoou uma voz alta.

Todas se viraram e viram, na extremidade da quadra, a treinadora Maggie, que usava um short azul-marinho brilhante da Umbros e uma camisa da equipe de tênis do Hollier, com as mãos nos quadris. Algumas garotas riram. Maggie sempre as chamava de "mulheres do Hollier" ou "mulheres hollianas" e, certa vez, até de "mulheres da raquete".

– O treino de hoje será um teste de força de vontade – continuou Maggie, andando pela linha de fundo. – Coloquei cada uma de vocês contra a jogadora cujas habilidades são mais parecidas com as suas. Vamos começar com nossas co-capitãs, Nisha e Sutton. – Ela fez uma pausa dramática como se esperasse aplausos. Como não os obteve, jogou duas bolas de tênis felpudas na direção de Nisha. – Quadra seis, senhoritas – disse ela, indicando a quadra mais distante de onde a equipe estava.

Charlotte lançou um olhar solidário a Emma. Em geral, jogar com Nisha não era algo que Sutton comemorasse.

Emma deu de ombros.

– Ela é legal – murmurou.

Charlotte ficou surpresa, mas não disse nada.

Nisha olhou para Emma enquanto atravessaram a quadra lado a lado, como se estivesse tentando avaliar se ela voltaria para o modo rival ou se a trégua que haviam feito na noite anterior seria mantida.

Emma deu a Nisha um sorriso tranquilizador, esperando acalmá-la.

– Antes, podemos nos alongar um pouco mais? – perguntou ela. – Estou dolorida depois da noite de ontem.

Nisha suspirou, aliviada.

– Eu também.

Uma série de passos ressoou atrás delas, e o time de futebol masculino passou correndo, em uma de suas voltas de aquecimento ao redor do campo.

– Oi, Nisha – gritou Garrett.

– Oi – disse Nisha sem animação, acenando.

Então Garrett reparou que Emma estava com ela. Sua expressão ficou amarga.

Houve uma pausa desconfortável, e elas andaram em silêncio por alguns segundos.

– Então ainda *está* saindo com o Garrett? – perguntou Emma no tom mais amigável que conseguiu, lembrando-se de que Nisha tinha evitado a pergunta na noite anterior.

Nisha ajustou a tira de sua regata roxo-escura.

– Nunca saímos de verdade – disse ela. – Ele só foi comigo para se vingar de você.

Emma se lembrou da resposta que realmente queria de Nisha na noite anterior.

– Posso fazer uma pergunta esquisita?

Nisha apoiou a mão no quadril do short branco perfeitamente plissado e esperou.

Emma engoliu em seco.

– Tem certeza de que minha irmã passou a noite inteira na festa do pijama de volta às aulas?

Nisha revirou de leve os olhos.

– Por quê?

– Só acho que ela estava em outro lugar e mentiu para mim. Coisas de irmã – respondeu Emma de modo vago. – Não vou encrencar você nem nada do tipo. Mas, caso se lembre de alguma coisa, por favor, me conte.

Algumas gotas de suor apareceram na testa de Nisha.

Por fim, ela soltou um suspiro.

– Não tenho cem por cento de certeza de que ela passou a noite *inteira* lá.

O coração de Emma saltou.

– Ela estava lá quando você acordou no dia seguinte?

Nisha tirou uma mecha de cabelo do rosto.

– Bem... não.

– Ela tomou café da manhã lá ou coisa assim? – perguntou Emma, apertando sua raquete.

Nisha ergueu um dos ombros, depois o deixou cair.

– Então ela *não ficou* a noite toda lá – disse Emma. – Mas você disse que tinha ficado.

Os olhos de Nisha reluziram.

– Meu Deus, Sutton. Eu estava tentando irritar você, ok? Fiquei zangada por você ter dito a Laurel para não andar comigo. Eu queria que soubesse que ela passou por cima de você e foi assim mesmo.

Emma mal a ouviu. Deu um passo para trás e se virou, ficando de frente para Laurel, que jogava contra Charlotte na quadra um. Laurel rebateu uma bola alta, jogando-a fora do alcance da raquete estendida de Charlotte. Ela fez uma alegre dança da vitória como se fosse uma adolescente comum. Mas Nisha tinha acabado de dar a confirmação a Emma. Laurel não voltara para a festa do pijama naquela noite. De repente, parecia que o ar fora sugado dos seus pulmões. Ela dobrou o corpo para frente, olhando para o chão de argila endurecida.

– Ei, você está bem? – A sombra de Nisha pairava sobre Emma. – Parece que vai desmaiar.

– Hum, eu só... preciso de água – gaguejou Emma. – Já volto.

Ela andou na direção da escola, fazendo tudo para parecer despreocupada. Empurrou a porta dupla do vestiário feminino, sentindo-se enjoada com o cheiro de plástico e pão dormido. Havia metade de um cookie com gotas de chocolate esmagado no banco de madeira paralelo aos armários. Ela checou as cabines, aliviada por estarem vazias, depois encontrou o armário de Laurel, que era decorado com estrelas cadentes, raquetes de tênis em papel dourado e seu nome em letras roxas e grossas. Tocou o cadeado e girou a combinação para zero. *Preciso encontrar alguma coisa*, pensou de modo maníaco. *Qualquer coisa.*

Eu prendi a respiração. Parecia perigoso. Só esperava que ela soubesse o que estava fazendo.

Emma usou a ponta do tênis para bater na base do armário; na antiga escola delas, em Henderson, Alex tinha lhe ensinado que, se girasse um cadeado para o zero e o chutasse, ele se abriria. O armário rangeu, depois se abriu. *Vitória.*

Vários cadernos estavam guardados no fundo, junto com um grosso livro de química. Na prateleira de cima havia um frasco de desodorante com cheiro de melão. Emma pegou a bolsa de couro marrom de Laurel no gancho de metal e abriu como uma criança rasgando o papel de um presente de Natal. O iPhone de Laurel, protegido em sua capa rosa de neoprene, estava no bolso lateral, entre papéis de chiclete e canetas esferográficas. Emma recolocou a bolsa dentro do armário e fechou a porta com um empurrão para o caso de alguém aparecer. Só o que faltava era alguém contar a Laurel que tinha visto a irmã bisbilhotando suas coisas.

Então, com dedos trêmulos, ela percorreu as mensagens, da mais recente às com mais de um mês. Naquela segunda-feira, ela tinha escrito para Thayer: ESTOU FELIZ POR TERMOS CONVERSADO. Outra para Thayer mais cedo na segunda: É IMPORTANTE VOCÊ NÃO CONTAR A NINGUÉM.

Fora alguns ONDE VOCÊ ESTÁ?, não houvera correspondência enquanto Thayer estava na reabilitação. Mas mesmo as mensagens de Laurel para Charlotte e Madeline eram estranhamente cifradas, coisas como DESCULPE TER FURADO, MAS ACONTECEU UMA COISA e PRECISO CONVERSAR COM VOCÊ, mas nunca qualquer detalhe. Era quase como se ela esperasse que alguém a espionasse.

Emma pegou o telefone de Sutton e tirou uma foto das mensagens, pois poderia decifrá-las mais tarde. Por fim, desceu até 31 de agosto, o dia da morte de Sutton. Laurel mandara um monte de mensagens naquele dia, mas apenas uma para Sutton, às 22h43. Quando Emma a leu, sua garganta se fechou e sua visão ficou embaçada.

DA PRÓXIMA VEZ QUE NOS VIRMOS, VOCÊ VAI MORRER.

Emma se apoiou contra os armários, tapando a boca com a mão.

Por cima de seu ombro, eu lia o texto sem parar, a letra preta contra o balão verde de texto. De repente, a tela ficou clara demais, e o brilho de neon tomou todo o meu campo de visão. Do nada, algo se alterou em minha mente, e fui sugada para uma lembrança completa.

7

ESTÁ ME OUVINDO?

Os faróis do Jetta de Laurel cintilam quando ela faz uma curva fechada na estrada de terra. O ciúme me inunda quando o carro dela acelera, afastando Thayer cada vez mais de mim. Meu namorado está gravemente ferido, e minha irmã, que surtaria se soubesse a verdade sobre mim e Thayer, é quem está lá para segurar a mão dele. Eu deveria levá-lo ao hospital. Não ela. Tirando a poeira das roupas, levanto-me em meio à vegetação. Para proteger meu relacionamento secreto com Thayer, eu me abaixei entre os arbustos quando ela chegou. Mas, a julgar pelo olhar furioso que mandou em minha direção, dava para ver que ela sabia que eu estava ali. Só posso esperar que não tenha descoberto por quê.

Olho em volta, me situando. Uma montanha escura ergue-se atrás de mim. A meu lado, há uma placa que diz POR FAVOR, NÃO ALIMENTE AS COBRAS, *e, à esquerda, um vagão de trem para turistas com um letreiro que diz* PASSEIOS PELO SABINO CANYON DAS 10H ÀS 17H! TCHU, TCHU! *Estou a cem metros do estacionamento empoeirado e vazio do Sabino Canyon e a poucos metros de onde alguém atropelou Thayer com meu carro.*

Ainda não consigo acreditar no que aconteceu esta noite. Minha mente repassa os eventos sem parar, como um filme de terror que não para de se repetir. Lembro o quanto estava feliz quando busquei Thayer na estação de ônibus e o levei até o patamar do Sabino Canyon, onde meu pai me levava para observar pássaros na minha infância. Sinto meu terror quando Thayer e eu corremos pelo cânion, com algum perseguidor desconhecido em nossos calcanhares. Ouço o ronco de meu Volvo disparando à frente e atingindo Thayer. A única coisa que não consigo ver é o rosto por trás do volante, o rosto da pessoa que roubou meu carro e tentou nos atropelar. É impossível ter sido um acidente. Mas a pessoa queria acertar Thayer... ou a mim?

Olho para o céu noturno na esperança de ver algum sinal, algum tipo de mensagem que me assegure de que tudo vai ficar bem. Mas um calafrio percorre minha espinha, e sei que nada está bem. Thayer se feriu gravemente, e continuo sem saber como uma noite que começou com uma perspectiva tão romântica terminou assim.

O motor de uma moto engasga a distância, tirando-me de meus pensamentos e me lembrando de que preciso sair logo deste cânion.

Folhas secas estalam quando saio da vegetação e causo a revoada de pequenos pássaros amarronzados, que chamam uns aos outros com sons suaves e agudos, como se debatessem onde pousarão. Pego meu telefone. Talvez não possa dizer à polícia o que aconteceu com Thayer (ninguém pode saber que ele voltou a Tucson para me ver), mas posso reportar o roubo do meu carro. Só espero que não mandem o detetive Quinlan. Ele ficou tão furioso depois de nosso último trote que acho que me prenderia só por prender.

Estou prestes a ligar para a polícia quando percebo que não tenho sinal. Amaldiçoo minha operadora; o celular de Thayer funcionou quando ele ligou para Laurel a fim de ir buscá-lo, mas claro que o cânion cortou meu sinal.

Uma nuvem passa sobre a lua. Um coiote uiva ao longe. A realidade da situação desmorona com toda a força sobre mim. Alguém roubou meu carro, e agora estou no meio do nada sem ter como pedir ajuda.

A casa de Nisha não fica longe, e sei que o restante da equipe de tênis está lá. Mas não posso voltar ao estacionamento porque aquele lunático que atropelou Thayer ainda pode estar por lá, esperando por mim. Vou precisar pegar um caminho diferente, que contorne a base do cânion. O vento uiva quando começo a andar. A trilha se estreita, e as árvores ficam mais densas acima de minha cabeça. A vegetação ao redor da trilha arranha meus tornozelos como unhas, ferindo a pele e tirando sangue. Continuo em frente, sabendo que não estarei em segurança até chegar a uma área povoada.

Pneus cantam ao longe, seguidos por um estrondo. Eu me viro e tropeço em uma raiz protuberante na trilha, amparando a queda com as mãos. Pedaços de cascalho entram na pele, ardendo como se eu tivesse secado as mãos com uma lixa. Meu telefone cai do bolso e vai parar no chão, com a tela acesa por uma chamada.

Em vez de chorar de dor, grito de alívio. Meu sinal voltou. Este pesadelo está a uma ligação de distância de terminar. Mas aí vejo o número na tela.

Solto um longo suspiro e rejeito a chamada de Laurel. No momento não tenho como lidar com a raiva nem com as perguntas dela. Um segundo depois, meu telefone vibra com uma mensagem de texto.

DA PRÓXIMA VEZ QUE NOS VIRMOS, VOCÊ VAI MORRER.

Que exagero, mana, *penso, e aperto* DELETE.

8
CARA A CARA COM O PERIGO

— O que você está fazendo?

Num instante, Emma levantou a cabeça. Quando viu a figura parada no final do corredor, iluminada por trás pelo sol que passava pelas janelas foscas, seu sangue ficou gelado. Era Laurel.

Agitei meus braços inúteis, desejando poder puxar Emma para um lugar seguro. Tudo o que conseguia ver era a lembrança que acabara de recuperar. Aquele cânion escuro e assustador. Aquela mensagem aparecendo em meu telefone. Eu a descartei de um jeito tão despreocupado na hora... como irmãs, Laurel e eu provavelmente já ameaçamos nos matar centenas de vezes. Mas dada minha atual situação, eu precisava considerar que, quando Laurel escreveu aquela mensagem, não era apenas uma expressão passageira de raiva e frustração.

Talvez estivesse falando sério. E se ela tivesse mesmo deixado Thayer no hospital e voltado para me matar? Estava muito escuro naquela montanha. Muito isolado. Qualquer coisa poderia ter acontecido, e ninguém teria escutado.

Levantando-se, Emma enfiou o celular de Laurel no bolso do short, rezando para aquele não ser o momento em que alguém decidiria mandar uma mensagem de texto para a irmã de Sutton, pois o toque de mensagens de Laurel era um grito de macaco muito característico. Ela continuou com o telefone de Sutton na outra mão.

– O que *você* está fazendo? – retrucou Emma, tentando demonstrar a atitude impetuosa e hostil de Sutton.

Os olhos de Laurel percorreram Emma como se ela soubesse que a pegara fazendo alguma coisa ilícita e estivesse tentando descobrir o que era.

– Falaram que você saiu da quadra porque não estava se sentindo bem – disse ela em tom monótono. – Como uma *boa* irmã, vim ver como estava.

O telefone de Sutton começava a ficar escorregadio na palma da mão de Emma.

– Fiquei meio tonta – disse ela, atenta ao intenso olhar de Laurel. – Vim aqui pegar minha garrafa d'água extra e decidi me sentar um pouco.

– Sério? – perguntou Laurel, balançando-se para frente e para trás nos calcanhares. Seu tom foi enfático demais, e o estranho sorriso em seu rosto se alargou. – É estranho você estar na frente do *meu* armário. Procurando alguma coisa?

A mente de Emma estava a mil, tendo relances das vezes que o assassino de Sutton a tinha atacado. As mãos estrangulando-a por trás. O refletor caindo a centímetros de sua cabeça, as palavras naquele quadro negro mandando-a parar de investigar. Se Laurel tinha levado a cabo o que dissera na mensagem, ela era perigosa... *muito* perigosa. E ali estava Emma, investigando outra vez e encontrando uma evidência que podia prejudicar Laurel. Emma olhou o vestiário vazio. Se gritasse, será que alguém ouviria?

Quando Laurel deu um passo à frente, Emma se retraiu, certa de que a irmã de Sutton ia fazer alguma coisa. Mas Laurel passou por ela, inseriu o código de seu armário e abriu a porta. O coração de Emma martelava nos ouvidos enquanto Laurel vasculhava sua bolsa, mantendo os olhos na irmã o tempo todo. *Ela está procurando o telefone*, pensou Emma. *Ela sabe que não vai estar ali, porque sabe que está comigo. Só está fazendo isso para me deixar nervosa.*

— E então? — disse Laurel por fim, pegando uma escova de cabelo e passando-a por seu longo rabo de cavalo. — Digo, sei que sou fascinante e tudo... o Thayer sem dúvida acha isso. — Um sorrisinho passou por seus lábios quando ela disse o nome de Thayer. — Mas não é melhor você pegar sua água e voltar para o treino?

— Ah. Claro — disse Emma, mas não se moveu. Parecia que o telefone de Laurel, aninhado em seu bolso de trás, estava pegando fogo. Então Laurel virou as costas para tomar água no bebedouro e Emma jogou rapidamente o iPhone na bolsa dela. Por incrível que pareça, Laurel não pareceu perceber.

Emma virou as costas e contornou os armários em direção ao de Sutton. Seus dedos tremiam quando ela inseriu a combinação e abriu a porta. Vasculhou o conteúdo por um tempo, fingindo procurar alguma coisa, e pegou uma garrafa de Evian que por sorte estava na prateleira de cima. Ela a inclinou e bebeu com avidez, mas o líquido não ajudou a matar sua sede.

Quando levantou os olhos, Laurel estava parada no final do corredor, observando seu telefone com os olhos arregalados. Emma quase gritou. Por um momento terrivelmente longo, Emma não conseguia lembrar se tinha fechado a mensagem de Laurel para Sutton e retornado à tela inicial do telefone.

— Hã — disse Laurel, franzindo a testa.

— O que foi? — perguntou Emma com a voz trêmula.

— Eu poderia jurar que coloquei o telefone no bolso lateral da minha bolsa — disse lentamente Laurel.

Alarmes dispararam na cabeça de Emma. *Ela sabe que você estava vasculhando! Fuja agora!* Mas seus tênis pareciam pregados ao chão.

— Não sei onde você colocou seu telefone — resmungou ela, com as palavras presas na garganta.

— Claro que não sabe. — Laurel riu, revirando os olhos.

Ela enfiou o telefone no bolso, depois foi até Emma com os olhos em brasa. Seu corpo parecia irradiar calor, e seus membros pareciam prontos para o ataque.

— *Buu!* — sussurrou Laurel, tocando o peito de Emma, que gritou e se retraiu, protegendo o corpo com as mãos e fechando os olhos com força.

Quando os reabriu, Laurel estava rindo.

— Alguém está nervosa — disse ao passar por Emma. As dobradiças da porta rangeram quando ela saiu do vestiário.

Emma também saiu, parando do outro lado da porta. O barulho suave das batidas das bolas de tênis na quadra enchia o ar enquanto ela observava Laurel atravessar os campos de treino e se unir à equipe nas quadras. Ela estava com um sorriso de orelha a orelha, como se não tivesse acabado de agir de um jeito diabólico e louco um segundo antes. Mas Emma não se deixava enganar.

Nem eu. Laurel estava de olho nela. E era melhor minha irmã se cuidar.

9

UM CAMINHO PARA A VITÓRIA

Algumas horas depois, Emma parou na entrada da garagem do bangalô de Ethan, que ficava em um condomínio na frente do Sabino Canyon. Era a menor casa do quarteirão (a de Nisha, ao lado, tinha mais que o dobro do tamanho) e sem dúvida já vivera dias melhores. Havia tinta preta descascada nas persianas e um pequeno rasgo na porta de tela, que pendia torta nas dobradiças.

Ela abriu a porta do carro e foi até a varanda de Ethan. Da área arborizada atrás da casa vinha o som dos grilos, cujo zumbido constante ressoava nos ouvidos de Emma. Ela ergueu a mão para tocar a campainha, mas se retraiu quando ouviu um estrondo.

– Droga, Ethan! – A voz de uma mulher ecoou do outro lado da porta. Um vulto passou pela tela sem notar Emma na varanda. – Não pedi para você passar o aspirador ontem?

Emma se afastou da campainha. Porém, antes de conseguir sair da varanda, passos soaram, e uma mulher alta apareceu no vestíbulo.

— O que *você* quer? — O vestido florido azul da mulher pendia solto sobre o corpo esquelético, e sardas manchavam sua pele clara. O cabelo castanho-acinzentado ralo estava preso em um rabo de cavalo bagunçado, e finas mechas caíam sobre seus olhos.

Eu tinha a sensação de que a conhecia, mas não sabia por quê. Ethan e eu não frequentávamos a casa um do outro.

— Ahn, oi — guinchou Emma, olhando a mãe de Ethan através da tela. A sra. Landry não a abrira para ela. — Meu nome é Sutton — continuou, alternando o peso de um pé para o outro. — Vim buscar Ethan para o jogo de futebol.

— Eu sei quem você é — disse a mulher em tom cáustico.

Mais passos ressoaram, e Ethan apareceu atrás da mãe, com expressão aflita.

— Ahn, nos vemos depois, mãe. Volto às nove.

Ele contornou a mãe e saiu para a varanda. O lábio superior da sra. Landry formou uma linha fina e imóvel.

— Prazer em vê-la — disse Emma de modo tímido. A sra. Landry se limitou a torcer o nariz e se afastou. A porta bateu com força atrás dela.

— Está tudo bem? — perguntou Emma em voz baixa.

Ethan deu de ombros.

— Ela só está de mau humor.

Emma tocou seu braço com solidariedade. A mãe dele tivera câncer, e o sr. Landry tinha ido embora durante a quimioterapia. Embora o câncer estivesse em remissão, a sra. Landry nunca se recuperara por completo emocionalmente e esperava que o filho cuidasse de quase todas as tarefas da casa.

Ethan se sentou no banco do carona e colocou o cinto de segurança enquanto Emma ligava o motor.

— Então, posso ver a mensagem? — perguntou ele em voz baixa.

Emma assentiu. Com o carro em ponto morto na entrada da garagem, ela tirou o celular de Sutton da bolsa e mostrou a foto que tirara da tela de Laurel. Logo depois de encontrar a mensagem, ela ligou para contar a Ethan. Ele franziu a testa enquanto analisava a foto.

— Uau — sussurrou ele.

— Pois é — disse Emma, também observando. *Da próxima vez que nos virmos, você vai morrer.*

Ethan se recostou no banco do carro, fazendo o couro vintage ranger sob ele.

— Então, acha que a Laurel matou Sutton em função de algum tipo de ataque de ciúme porque ela estava com Thayer?

Se eu pudesse estremecer, teria estremecido. Pensei na ligação que Thayer fizera para Laurel pouco depois de ter sido atropelado. Ela chegou com tanta rapidez, quase como se estivesse esperando na esquina. Thayer disse que alguém estava nos perseguindo no cânion... seria Laurel? Será que nos seguiu naquela noite e percebeu que estávamos namorando sem ela saber? Será que roubou meu carro, tentou me atropelar... e acidentalmente atingiu o garoto que gostava em vez de mim? Será que depois voltou ao cânion para me matar?

Emma engatou a ré e saiu da entrada da garagem.

— Talvez. O amor pode causar atos insanos. Thayer é lindo. E obviamente sedutor.

Assim que as palavras saíram de sua boca, Emma se arrependeu de tê-las dito. Mas Ethan apenas assentiu, pensativo.

— Ela estava sempre atrás dele, a ponto de até eu perceber — contou ele com uma risadinha estranha. — Na época parecia um amor infantil, mas, se você estiver certa sobre o que aconteceu, era muito mais sinistro do que isso.

Emma parou em um sinal e observou os carros passarem chispando pela rua principal.

— Como acha que ela fez? Digo, como matou Sutton? — As palavras tiveram um gosto amargo em sua boca. Uma coisa era falar sobre o fato de Sutton estar morta, mas era muito macabro falar sobre os detalhes de sua morte.

Eu me retraí ao pensar nos momentos finais. Minhas lembranças mais recentes eram da minha última noite de vida, mas, toda vez que tentava me lembrar, as memórias eram cortadas abruptamente. Minha morte estava *tão próxima*, mas eu continuava esperando para ver como tudo tinha terminado. Eu queria ver... e ao mesmo tempo não queria. Recuperar meus últimos momentos significava vivenciá-los de novo. Eu seria forçada a observar a vida ser drenada de mim. E *sentiria* aquilo. Tinha que me perguntar se existia alguma razão para eu ainda *não* ter visto a cena. Talvez, quando a força cósmica que me mantinha suspensa aqui no além finalmente me deixasse lembrar as circunstâncias de minha morte, eu morresse outra vez. Veria meu assassino, respiraria pela última vez e explodiria no éter, desaparecendo rápida e silenciosamente como um passarinho ao levantar voo.

Então outra ideia me veio à cabeça de repente, congelando-me até os ossos. Todas as minhas lembranças eram desencadeadas por coisas que Emma descobria: a mensagem de

Laurel, a ameaça de Lili por causa do trote do trem, a volta de Thayer. E se minha última lembrança voltasse quando meu assassino estivesse fazendo com Emma exatamente o mesmo que fizera comigo? E se só descobríssemos a verdade quando fosse tarde demais?

Ethan colocou a mão no joelho de Emma.

– Não sei. Ela tentou estrangular Sutton no vídeo do assassinato. E, se voltou para encontrar a irmã, poderia ter usado o próprio carro ou algum tipo de arma. Vai ser difícil saber a não ser que nós... – Ethan se calou e, em seguida, pigarreou bruscamente. – A não ser que nós... a *encontremos*.

– É verdade – murmurou Emma, com um nó se formando na boca do estômago ao ouvir as palavras de Ethan. Ela respirou fundo, parando atrás de uma moto em um sinal de trânsito. – Só preciso falar com Thayer a sós por um instante para perguntar se Laurel passou a noite toda no hospital com ele. Se ficou lá, é inocente, mas se não...

Ela deixou a frase no ar, e eles passaram o resto do percurso em silêncio. Minutos depois, pararam no estacionamento do Wheeler. Emma estivera ali poucas semanas antes para uma partida de tênis. O colégio era o principal rival do Hollier, mas um pouco mais precário, com colunas descascadas sustentando um pórtico curvado. À esquerda da escola, projetores iluminavam o campo de futebol. Os jogadores se aqueciam usando agasalhos: marrom e amarelo do Wheeler e verde-escuro do Hollier.

Eles saíram do carro e atravessaram o estacionamento cheio em direção ao campo. O ar cheirava a cachorro-quente e pretzel vendidos em carrinhos, e havia um monte de adolescentes junto aos portões. Quando viram Emma e Ethan, viraram-se e ficaram olhando. Duas garotas cutucaram-se e sorriram para Ethan.

Emma deu a mão a ele, cuja palma estava suada. Era sua primeira aparição pública como namorado de Sutton Mercer.

– Vai ficar tudo bem – sussurrou ela.

– Eu sei – disse ele com a voz tensa, conferindo rapidamente seu reflexo na lateral cromada de um dos carrinhos de comida do outro lado da entrada. Foi então que Emma notou que ele tinha sido meticuloso ao se vestir naquela noite. Sua calça jeans parecia nova, a polo combinava perfeitamente com seus olhos, e ele tinha feito a barba, usando o pós-barba da Kiehl's que ela lhe dera no fim de semana anterior. Era fofo ele estar tão ansioso para causar uma boa impressão.

Embora estivessem no Wheeler, parecia que o Hollier inteiro fora ver o jogo. As arquibancadas estavam cheias de gente de verde, que batia os pés e cantava o hino da escola. Emma procurou o cabelo preto de Madeline e o ruivo gritante de Charlotte, mas não as viu.

– Que estranho – murmurou ela. – Elas me disseram que estariam na fileira de cima.

– Talvez estejam ocupadas planejando outro trote para nós – resmungou Ethan em voz baixa.

– Há, há, muito engraçado – disse Emma. O Jogo da Mentira prendera Emma e Ethan em uma casa abandonada na semana anterior. – Talvez nos prendam no banheiro desta vez.

Ethan torceu o nariz.

– Tomara que não seja no masculino. Aquele lugar tem cheiro de bunda.

— Quem sabe na sala de massagem? — provocou Emma. — Com nossa própria massagista.

Ethan abriu um sorriso.

— Bom, *isso* eu apoiaria.

Havia um lugar vazio no topo da arquibancada, e Emma puxou Ethan pelos degraus de metal. Algumas pessoas abriram espaço para eles se sentarem. Uma garota com cabelo chanel curto pegou o telefone, fingindo passar uma mensagem de texto, mas Emma percebeu que tinha tirado uma foto de Ethan. Duas calouras que estavam a algumas fileiras abaixo soltaram risadinhas e apontaram para ele.

Emma cutucou as costelas do namorado.

— Não olhe agora, mas acho que estão começando um fã-clube seu.

Ethan corou.

— Aham, sei.

A timidez dele não me enganou. Quando Ethan passou a mão pelo cabelo preto como nanquim, vi o traço de um sorriso em seu rosto. Seria possível que o Garoto Solitário estivesse gostando da nova atenção? Sempre achei estranho o fato de justo os não populares serem contra a popularidade. Quem *não* desejaria ser adorado?

Um árbitro apitou, e os dois times voltaram correndo aos bancos para conversar com os técnicos antes do início do jogo. O cheiro de mostarda fez o nariz de Emma pinicar, e uma brisa suave correu por sua nuca. Ethan passou o braço ao redor de sua cintura e a puxou mais para perto.

— Está com frio?

— Talvez um pouco — disse Emma.

— Sutton dizia que jogos noturnos eram seus preferidos — murmurou Ethan de forma que ninguém mais conseguisse escutar. — Ela dizia que jogar sob as estrelas era muito sexy.

Emma virou o rosto para ele.

— Sério?

Ethan enfiou um cacho escuro atrás da orelha.

— Eu a entreouvi dizer isso uma vez no corredor. Ficou na minha cabeça.

Emma mordeu o lábio inferior, sentindo um inesperado ciúme. Parecia que todos os caras do colégio tinham sido apaixonados por Sutton. Será que Ethan também? Ela sabia que era ridículo ter ciúmes de sua irmã gêmea morta, mas não conseguia resistir e se perguntava às vezes se Ethan via alguma coisa em Sutton que não via nela.

— Alguma outra coisa sobre ela ficou na sua cabeça? — perguntou em voz baixa.

— Já lhe contei tudo. — Ethan entrelaçou seus dedos aos de Emma. — Gostaria de saber mais.

Emma soltou o ar.

— Eu também.

— Sutton — gritou Gabby. Ela e Lili estavam subindo as arquibancadas com camisetas iguais que diziam: FÃ DO FUTEBOL DO HOLLIER. Charlotte, Madeline, Thayer e Laurel vinham um pouco atrás. Thayer usava sua antiga camisa de futebol. Ironicamente, ele era o número treze.

— Oi! — disse Emma, chamando-os com um gesto. Tudo que precisou fazer foi olhar para os adolescentes que estavam em torno deles, e um grupo inteiro de garotos e garotas se levantou, sem fazer perguntas, e desceu várias fileiras. Era uma loucura ter aquele tipo de poder, sobretudo quando em sua vida anterior ela quem teria mudado de lugar.

Ethan observou todos subirem as arquibancadas.

— Que comecem os jogos — murmurou ele.

Lili chegou ao topo e se virou, exibindo as costas da camiseta rosa-choque, que diziam: BOTEM PRA QUEBRAR.

— Gostou? Nós mandamos fazer.

— Não dá para achar algo tão autêntico na loja da escola — acrescentou Gabby. Ela estava usando uma camiseta idêntica, mas amarelo-neon.

Madeline se sentou perto de Ethan, do outro lado de Emma.

— Oi, poeta — disse ela, cutucando as costelas dele.

Emma evitou encarar Thayer, desejando que ele não se sentasse no lugar vago a seu lado; entretanto, para sua decepção, ele se sentou e disse oi. Os dedos de Emma apertaram os de Ethan, como se quisesse dizer: *Está tudo bem*. Felizmente, Ethan retribuiu e lhe deu um sorrisinho.

Laurel lançou um olhar amargo para Thayer e Emma, depois sentou-se do outro lado de Thayer.

— Como está a fã número um do futebol do Hollier? — perguntou Thayer, dando um soquinho no ombro de Emma.

— Ahn, firme e forte — disse Emma, percebendo como a resposta fora tosca.

Thayer a olhou de um jeito sério.

— Não vai torcer pelo Hollier agora que estou fora do time, vai? Pessoalmente, espero que o Wheeler ganhe.

Emma franziu a testa, de bom humor.

— Traidor.

Thayer riu mais alto que o necessário e encarou Emma com seus olhos castanho-esverdeados brilhantes e fixos. Emma sentiu os dedos de Ethan se soltarem dos seus.

Também fiquei um pouco magoada. Thayer estava olhando para minha irmã gêmea do mesmo jeito que olhava para mim nas lembranças que eu tinha do tempo que passamos juntos. Eu queria colocar minhas mãos em seus ombros, fazê-lo ver a *mim*, não Emma. Se ele me amava tanto, como podia não notar que a garota por quem tinha se apaixonado não era a pessoa sentada a seu lado?

Charlotte pegou um enorme chapéu vermelho e o colocou, baixando-o sobre a testa. Madeline olhou para ela e riu.

– O que está fazendo?

Charlotte cobriu a testa com a aba.

– Não aguento mais todo mundo olhando para mim por causa daquele trote idiota das Quatro Cafajestes. Tad Phelps teve a audácia de perguntar quais sutiãs eram meus. Sete pessoas deixaram de ser minhas amigas no Facebook, e ninguém teve medo de mim no debate. Antes, todos se encolhiam quando eu subia ao pódio, não querendo debater comigo por medo de que eu retaliasse com um trote. Hoje uma garota questionou meu uso da expressão 'bom caráter', dado o, abre aspas, 'recente vandalismo na propriedade da escola'.

Emma olhou as arquibancadas, e, de fato, ao menos quinze pessoas olhavam para as participantes do Jogo da Mentira e cochichavam furiosamente.

– Dar um baile não será suficiente. Precisamos provar que não somos culpadas – disse Charlotte.

Laurel soltou um suspiro dramático.

– Não acredito que estou dizendo isto, mas eu realmente gostaria que a escola *tivesse* câmeras de segurança. Assim poderíamos mostrar a todos que não fomos nós.

Ethan levantou os olhos com uma expressão hesitante no rosto.

– Sabe, a esquina perto da escola tem câmeras de tráfego.

Laurel estreitou os olhos.

– E daí?

– E daí que uma vez recebi uma multa por ultrapassar o sinal ali – continuou Ethan. – E me mandaram a multa junto com uma foto. Dava para ver a frente da escola ao fundo. Talvez aquelas câmeras de tráfego tenham filmado o ataque de vandalismo na escola. – Ethan deu de ombros.

– Sério? – Os olhos de Madeline se iluminaram, mas depois ela ficou visivelmente desanimada. – Como vamos ter acesso a isso?

Ethan umedeceu os lábios.

– Bem... as imagens da câmera vão para um site que pode ser acessado remotamente, e sou muito bom com computadores. Eu, ahn, invadi o site na época para ver se conseguia apagar a multa. – Suas bochechas ficaram bem vermelhas. – Não consegui, mas notei que eles têm um arquivo da filmagem. A senha deve ter mudado, mas com algum tempo acho que consigo encontrar um jeito de acessar de novo.

– Meu Deus, isso seria incrível! – gritou Charlotte.

– Impressionante, Ethan – elogiou Madeline com admiração. – Não sabia que você era assim.

As outras garotas do Jogo da Mentira comemoraram e sorriram. Apenas uma pessoa não ficou muito contente:

Thayer. Ele fixou os olhos no campo, embora o jogo ainda não tivesse começado.

– Como se fosse tão difícil conseguir vídeos de segurança – disse ele em voz baixa, em um volume que só Emma conseguiu ouvir. E ela fingiu não perceber.

Emma voltou-se para Ethan.

– Tem certeza de que deseja fazer isso? – A última coisa que ela queria era causar problemas a Ethan só para fazer as amigas de Sutton gostarem dele.

Ethan deu de ombros.

– Não é nada de mais. Sério.

De repente, uma sombra caiu sobre Emma. Uma garota com cabelo escuro e cacheado preso em um rabo de cavalo estava parada no corredor. O short amarelo minúsculo mal cobria suas coxas finas, e a camiseta branca mostrava o contorno de seu sutiã. Emma levou alguns segundos para se dar conta de que era uma das Quatro Cafajestes – Bethany alguma coisa.

– Oi, Ethan – disse Bethany, olhando para ele e apenas para ele. Ela puxou o short ainda mais para cima.

Ethan corou, claramente desacostumado com a atenção.

– Hum, oi?

Eu revirei os olhos. Estava morta e praticamente desmemoriada, mas até eu sabia que nunca, jamais, se deve falar com um calouro. O certo era fingir que está ocupado demais para perceber a existência deles, mesmo que sejam seus parentes.

– O que você vai fazer neste final de semana? – perguntou Bethany.

Madeline e Laurel arregalaram os olhos. Lili e Gabby já estavam com os telefones nas mãos, digitando loucamente.

– Hum... – enrolou Ethan, olhando para Emma.

O máximo que Emma podia fazer era não rir.

– Ele vai sair comigo – disse ela, dando o braço a Ethan.

Madeline se aproximou.

– Por quê? Sua mãe precisa de uma babá para você?

As bochechas de Bethany ficaram vermelhas. Ela voltou envergonhada para perto das amigas, que a cercaram e começaram a sussurrar.

Charlotte balançou a cabeça.

– Definitivamente precisamos do vídeo.

– Concordo – disse Emma. – Aquelas meninas precisam pagar.

– Considerem isso feito – respondeu Ethan.

– Nosso herói – suspirou Madeline.

Thayer parecia cada vez mais irritado. Ele se inclinou para frente e encarou Ethan.

– Landry, quando foi que você se tornou o cara?

Por um instante, Ethan pareceu ter sido pego de surpresa. Depois respirou fundo.

– Acho que quando comecei a namorar a garota mais gata da escola – respondeu ele com a voz suave.

Thayer fixou seus olhos castanhos em Emma, como se estivesse olhando para ela pela primeira vez naquela noite.

– É, não posso discordar de você nisso – comentou ele em tom melancólico.

Ao seu lado, Laurel engasgou com a Coca diet que estava tomando. Thayer virou-se no mesmo instante e bateu em suas costas.

– Você está bem?

Laurel assentiu freneticamente, porém passou mais alguns segundos sem conseguir respirar.

– Pode me trazer uma água? – gaguejou ela, com os olhos cheios de lágrimas.

– Claro. – Thayer se levantou com dificuldade e, em seguida, desceu as arquibancadas mancando.

Laurel continuou tossindo até ele sair de vista, então tomou calmamente outro gole de refrigerante, lançando um olhar de soslaio para Emma. Era um olhar que dizia: *Não é só na sua mão que ele come.*

Para mim, havia algo mais no olhar. Também dizia: *Fique longe. Ou vai ver só.*

10

ARMA FUMEGANTE

Os vizinhos dos Mercer levavam o futebol do Hollier a sério. Depois da vitória da escola, o pessoal saiu buzinando pela rua, e os Wessman, que moravam a duas casas de distância, colocaram uma faixa do Hollier na garagem.

Emma estacionou na entrada da garagem e ouviu um alerta de mensagem. Era Ethan. ESTA NOITE FOI INESPERADAMENTE DIVERTIDA, escreveu ele. OU NAS PALAVRAS DO *NOTÍCIAS DA EMMA*: GAROTO TÍMIDO MARCA UM GOLAÇO EM JOGO DE FUTEBOL.

Emma corou, adorando o fato de Ethan ter adotado seu hábito de fazer manchetes e estar começando a escrever as próprias. NADA MAU, NÃO É?, respondeu ela, com uma sensação cálida e feliz por todo o corpo. Tirando o problelminha com Thayer, Ethan fora maravilhoso: tinha deixado as amigas de Sutton encantadas e até feito algumas piadas hilárias. Pelos olhares que Madeline e Charlotte lançaram a ela no final do jogo, Emma soube que o tinham aceitado. Era bom saber que Ethan as aceitara também.

Emma desligou o motor e olhou em volta. Por incrível que pareça, havia chegado antes de Laurel, embora tivesse levado Ethan até a casa dele depois do jogo. Os carros do casal Mercer também não estavam ali, e, embora o da vovó estivesse estacionado do lado de fora da garagem, a casa estava escura.

Emma abriu a porta da frente e tentou encontrar o interruptor. Seus passos ecoaram na casa silenciosa. Ela foi até a cozinha, onde a luz da lua atravessava as portas de vidro e lançava sombras longas sobre a mesa de madeira. Já voltara para muitas casas vazias, mas a dos Mercer estava estranhamente sinistra e solitária naquela noite. Chocada, ela percebeu o quanto se acostumara a ser cumprimentada calorosamente pela sra. Mercer.

Emma estava prestes a ligar a luz quando viu o ardente brilho laranja de um cigarro no quintal. Seu coração acelerou. Algumas semanas antes, quando Ethan a levara a um vernissage, eles estavam sentados em um banco, do lado de fora, quando ela notou um vulto escuro fumando a poucos metros deles, ouvindo cada palavra que diziam. O vulto tinha desaparecido antes que Emma conseguisse ver quem era.

Ela assobiou baixo, chamando Drake. Logo ouviu o dogue alemão entrando devagar na cozinha. O cachorro a encarou com os olhos arregalados. Os dedos da garota tremiam quando ela o conduziu pela porta de trás. Por mais nervosa que ficasse perto do enorme cão, sentia mais medo do fumante do lado de fora.

– Venha, garoto – chamou ela em tom tranquilo ao passar pelas portas de vidro. Seu coração saltou quando viu uma forma escura reclinada em uma espreguiçadeira. Um caracol de fumaça subia em direção às arvores, sinistro como o dedo curvado de uma bruxa.

– Sutton? – disse uma voz áspera e familiar.

Emma se surpreendeu, com os olhos se ajustando à escuridão.

– *Vó*. – Ela soltou a coleira de Drake, e ele trotou pelo gramado para cheirar um aglomerado de azaleias.

– Quem você achou que era? Deus? – A avó agitou o cigarro, chamando Emma. – Sente-se. – Ela abriu espaço para minha irmã gêmea na extremidade da espreguiçadeira verde-escura.

Emma se sentou com relutância. Para sua surpresa, a avó ofereceu um maço de Merits.

– Quer um?

Emma torceu o nariz. Sempre odiara o cheiro de fumaça de cigarro. Mas será que Sutton teria aceitado?

– Hum, minha garganta está irritada – mentiu ela. Depois inclinou a cabeça. – Por que você não está com a mamãe e o papai?

– Eles iam se encontrar com os Finche – contou a avó de Sutton, depois fez uma careta. – É tão cansativo encontrar essas pessoas. Estão sempre tentando me juntar com o pai viúvo daquela mulher horrorosa. Posso ser velha, mas consigo encontrar meus próprios namorados, muito obrigada.

Ela segurou o cigarro entre os dedos enrugados e lançou um longo olhar a Emma.

— Entããão — disse lentamente, esticando a palavra. — Não vai mesmo falar nada sobre meu... do que você chamou na última vez? "Hábito nojento que mata e envelhece a pele prematuramente?"

Emma riu alto. Aquilo parecia mesmo algo que sua irmã gêmea diria, e era bom saber que Sutton também não era fumante.

— Não. Já virei essa página. Viva e deixe viver. Ou, no seu caso, viva até o cigarro matar você — retrucou ela com um sorriso malicioso.

A vovó bateu a cinza em um copo que estava usando como cinzeiro.

— Para mim parece bom. Então, Sutton, como está a busca por faculdades? — Ela cruzou as pernas. — Você nem sequer vai *começar* a faculdade no ano que vem?

— Hum — Emma tentou ganhar tempo. A pergunta tinha algo que apertou seu estômago, e de repente ela sentiu dificuldade para respirar. Nunca vira nada nos pertences de Sutton relativo a visitas ou inscrições em universidades. Sutton tinha todas as oportunidades do mundo, mas não aproveitava nenhuma delas.

Ei, nem todos nós fomos feitos para a universidade. Talvez eu planejasse me tornar uma grande atriz de Hollywood.

— Só estou tentando manter minhas opções em aberto — disse Emma por fim. — Mas vou me inscrever em várias faculdades boas.

— É mesmo? — perguntou a avó, erguendo uma das sobrancelhas grisalhas. — Planeja ficar no Arizona?

— Essa é uma boa opção — comentou ela em voz baixa. Ironicamente, a Universidade do Arizona era uma das instituições em que ela tinha se inscrito quando morava em Vegas. Ofereciam muitas bolsas de estudos, e ela havia gostado do currículo do curso de jornalismo. Entretanto, os prazos para entrega dos formulários de ajuda financeira já deviam ter se esgotado havia muito tempo àquela altura. Será que um dia voltaria àquela antiga vida? Ou teria que se inscrever em faculdades como Sutton Mercer? *Podia* fazer algo assim? Morar no quarto de Sutton e ir às aulas dela era uma coisa. Mas frequentar uma faculdade à custa dos Mercer, continuando a se fingir de Sutton no dormitório, parecia diferente por algum motivo. E a ideia de o assassinato de Sutton ainda estar sem solução nessa época era impensável.

A vovó franziu o nariz.

— As fraternidades da Universidade do Arizona são agitadas, você quer dizer. A vida é mais que diversão, sabia?

Emma fixou os olhos em suas sandálias.

— Pode acreditar, eu sei.

A vovó Mercer bateu o cigarro no braço da espreguiçadeira, com uma expressão pensativa no rosto enrugado.

— Seu pai adorava uma boa festa — disse ela, suspirando. — No fundo, ele é um garoto californiano. Mas ele e sua mãe se acalmaram bastante quando se mudaram para Tucson. — Ela torceu o nariz. — Claro, valia a pena se mudar pelo emprego dele.

— Eles moravam na Califórnia antes de Tucson? — perguntou Emma, incapaz de esconder sua surpresa. Os Mercer nunca tinham dito nada sobre o assunto, mas eram tão ligados à comunidade em que viviam que ela simplesmente presumira que estavam ali desde sempre.

A vovó a olhou com uma expressão insana.

— Mas é claro que moravam. Eles se mudaram para cá logo depois de adotar você.

— Ah, verdade. Dã — disse Emma com a voz fraca. Era estranho pensar que um dia eles tiveram uma vida completamente diferente.

A vovó suspirou.

— Sempre senti falta de quando eles moravam na mesma rua que eu. Nós nos divertíamos muito quando Sutton ainda era viva.

O coração de Emma se apertou. Será que tinha ouvido a senhora direito?

Esperei com a respiração suspensa. A vovó *tinha* dito Sutton. *Eu.*

— Minha irmã amava bebês — continuou a avó, com os lábios finos abrindo-se em um sorriso. — E amava você especialmente. Ela a bajulava. Chamava-a de sua pequena xará.

Os olhos de Emma se reviraram levemente quando ela absorveu as palavras. A Sutton de quem a avó estava falando não era sua irmã gêmea. Sutton recebera o nome da irmã da vovó Mercer, sua tia-avó.

A avó pegou sua taça de martíni e tomou um longo gole.

— Se morássemos mais perto, eu poderia ter cuidado de você com mais atenção e a afastado dos problemas. Seus pais sempre foram tolerantes demais. Alguns fins de semana a mais comigo teriam eliminado essa sua insolência. — Ela olhou para Emma. Porém, depois de um instante, seus olhos suavizaram, e ela colocou a mão sobre a da neta. Emma sorriu, pois não esperava esse pequeno gesto de gentileza.

A avó contraiu os lábios, como se quisesse dizer mais alguma coisa, mas não conseguisse encontrar as palavras.

— Enfim — disse ela, voltando a ficar séria ao retrair a mão.

— Enfim — repetiu Emma, constrangida outra vez.

Drake ergueu a cabeça e olhou para a porta, soltando um ganido baixo. Emma virou-se para seguir seu olhar. Laurel estava do outro lado das portas de vidro que davam para a cozinha, observando Emma e a avó.

A vovó Mercer acenou.

— Acho que sua irmã chegou.

Flagrada, Laurel respondeu com um aceno casual e, em seguida, sumiu de vista. Um instante depois, a luz da janela de seu quarto foi ligada.

A avó estalou a língua, então apagou o cigarro.

— Espero que Laurel não tenha visto a fumaça. Ao contrário de você, não posso confiar nela para guardar um segredo.

Emma observou a sombra de Laurel se movendo pelo quarto.

— Na verdade, Laurel tem seus próprios segredos — murmurou. — Você ficaria surpresa se soubesse do que ela é capaz.

Como assassinar a própria irmã, pensei sombriamente.

11

QUENTE DEMAIS PARA AGUENTAR

Na noite seguinte, Emma estava no estacionamento do Clayton Resort. Os prédios baixos ultramodernos de barro vermelho estavam todos acesos, mesclando-se naturalmente à montanha ao fundo. Ao seu redor havia um campo de golfe ondulante e verdíssimo, com bandeiras tremulando ao vento fraco. Vários sprinklers foram acionados ao mesmo tempo, enevoando o gramado. Dois nadadores flutuavam na piscina em forma de ferradura à direita, conversando em voz baixa. Tudo tinha aparência romântica e impecável, sem um detalhe que destoasse.

Ela escutou um baque atrás de si, virou-se e viu Charlotte, Madeline e as Gêmeas do Twitter saindo do SUV de Madeline.

— Sempre digo que é melhor planejar um trote durante uma invasão de propriedade — sussurrou Lili com um sorriso malicioso. Seu biquíni rosa-choque aparecia sob uma regata branca apertada demais, e ela levava uma toalha de praia roxa sob o braço.

Emma passou uma das mãos sobre a leve saída de praia amarela que encontrara na gaveta de lingeries de Sutton, sentindo-se nervosa. Naquela noite, as garotas planejariam um baile supersecreto do Jogo da Mentira, mas para isso iam invadir as fontes termais do resort. Poderia se imaginar que, a essa altura, Emma já estaria acostumada a infringir a lei, mas era difícil se livrar de seus instintos de obediência às regras e do bom comportamento.

Eu estava com os nervos à flor da pele por outra razão. Reconhecia aquele lugar de uma de minhas lembranças. Fora ali que minhas amigas tinham me arrastado das fontes para o porta-malas de meu carro na noite em que houve o trote do vídeo do assassinato, a mesma em que Laurel quase me matara sufocada. Eu tinha considerado aquilo como um trote bobo, mas agora tinha dúvidas. Talvez Laurel estivesse treinando para a hora da verdade.

Madeline tomou um gole de uma garrafa de Evian enquanto Gabby e Lili seguiam na frente.

— Já tenho várias ideias ótimas — disse Gabby.

— Devíamos fazer temas de baile bem clichês — tagarelou Lili. — Vamos arranjar uma tigela de ponche e um bolo no qual esteja escrita alguma coisa como CONCURSO DE DANÇA em glacê de cor pastel. E precisamos de *toneladas* de serpentina.

Charlotte, que estava enrolada em uma toalha presa sob os braços, parou de repente e segurou o braço de Emma.

— Onde está Laurel? Achei que ela vinha com você.

Emma deu de ombros.

— Fui ao quarto dela antes de sair, mas ela não estava lá. Madeline se irritou.

— Aposto que está com meu irmão.

Emma supôs que Madeline estava certa. Ela passara o dia tentando encurralar Thayer para perguntar quanto tempo Laurel tinha ficado no hospital, mas, toda vez que o via, ele estava com ela.

— Ownn — arrulhou Gabby. — Talvez seja bom para Thayer ter uma namorada.

— Especialmente se for uma de *nós* — acrescentou Lili.

Madeline contornou um galho de árvore. Emma se abaixou quando ele ricocheteou em direção a seu rosto.

— Thayer não precisa de uma namorada no momento. Ele precisa *melhorar*.

— *Melhorar?* — repetiu Lili. — Do que está falando?

Madeline fechou a boca. Thayer tinha contado a Emma que passara um tempo em uma clínica de reabilitação, mas ela era a única pessoa fora da família que sabia.

A não ser, claro, que ele tivesse contado a Laurel...

— Estou falando da perna dele — disse Madeline, hesitante. — Ela precisa sarar. Só isso.

— Fontes termais, aqui vamos nós! — vibrou Gabby, tirando galhos do caminho. Diante delas havia uma clareira com rochas planas e vermelhas. Três piscinas de água natural do tamanho de Jacuzzis borbulhavam de forma convidativa.

Senti uma onda de medo e olhei em volta. Sim, eram mesmo as fontes. Naquela noite, eu fiquei furiosa com Laurel por usar um pingente igual ao meu relicário, como se ela estivesse tentando copiar meu estilo. Ela disse que o tinha usado para provocar a briga, mas, pelo visto, queria mais do que meu estilo. Ela queria minha vida.

Madeline puxou seu kaftan com estampa ikat por cima da cabeça e se acomodou em uma rocha plana ao lado das fontes. Charlotte continuou com sua toalha e andou hesitante em direção à piscina fumegante. Emma e as Gêmeas do Twitter também tiraram as roupas, deixando suas coisas em uma pilha. Lili mergulhou o dedão na água e anunciou que a temperatura estava perfeita. Quando entrou, fechou os olhos e soltou um "*Hum*". Emma também entrou na água, sentindo o calor envolvê-la. Por um momento, ela se desligou do estresse.

– Ok, hora de planejar a festa – disse Gabby, ajustando o fecho dourado no meio de seu biquíni. – Vamos convidar todo mundo que é alguém no Hollier, certo?

– Menos as quatro pessoas que *não* queremos – acrescentou Madeline. Ela pressionou as mãos contra a água, criando ondas minúsculas.

– Talvez devêssemos convidar algumas pessoas descoladas do Wheeler – sugeriu Lili.

– Como os gatinhos do futebol. – Charlotte, que estava sentada na borda, mergulhando apenas as pernas, pareceu animada.

– Claro. – Emma tamborilava com os dedos nas pedras. – Então, se fizermos o baile na escola, como vamos invadir depois do expediente, quando a porta é trancada?

– Ahn, exatamente da mesma forma que invadimos na última vez? – retrucou Charlotte. Como Emma a encarou com um olhar vazio, ela acrescentou: – O trote do flamingo e do gnomo de jardim?

— Ah, sim — disse Emma, lembrando-se vagamente de ter visto um vídeo desse trote.

— Passamos fita adesiva na fechadura antes que a escola feche — Madeline ajudou.

— E quanto à música? — perguntou Emma rapidamente.

Todas ficaram em silêncio por um instante, pensando. Sons de animais vinham das árvores. As fontes termais eram tão isoladas que qualquer barulhinho ecoava no silencioso ar noturno.

— Eu poderia fazer uma playlist — propôs Lili.

— Não acho que será suficiente. — Emma balançou a cabeça. — Precisamos de um DJ de verdade. Tem que ser incrível.

— O Tank pode fazer isso — sugeriu Charlotte. — Ele me deve um favor. — Ela lançou um olhar malicioso a Emma.

Eu revirei meu cérebro tentando achar um cara chamado Tank, mas nada me veio à mente, e Charlotte não explicou mais.

— E se as Quatro Cafajestes descobrirem sobre a festa e decidirem entrar de penetras? — perguntou Emma.

Lili torceu os lábios.

— Poderíamos fazer todo mundo mostrar o convite na porta.

— Ou poderíamos arranjar um leão de chácara — sugeriu Charlotte. — Fazer algo superchique, usar até uma corda de veludo. Aposto que o cara que trabalha na Plush faria isso por uns trocados.

— Sabe, talvez a gente *queira* que as Quatro Cafajestes entrem de penetras. — Os olhos de Madeline cintilaram. — Talvez a gente queira dar um trote nelas quando passarem pela porta.

— Um trote dentro de um trote! — Charlotte bateu palmas. — Adorei!

Emma mordeu o lábio. Ela queria que esse trote fosse legal, e não que humilhasse alguém. Enfim, as Quatro Cafajestes tinham, de fato, metido as garotas em uma confusão enorme. E Bethany chamara Ethan para sair bem na frente dela.

— Por falar em festas — disse ela, decidindo mudar de assunto. — Já sabem o que vão usar para a festa do meu pai no sábado?

Lili foi até Emma e colocou o braço ao redor de seu ombro.

— Talvez eu use este biquíni para dar um choque de vitalidade nos velhos.

As garotas riram. De repente, houve um farfalhar nos arbustos, e todas ficaram quietas.

Os olhos de Madeline estavam arregalados.

— O que foi isso?

Gabby tirou metade do corpo da água.

— E se for o segurança?

— Eu não posso ser pega de novo de jeito *nenhum* — choramingou Lili.

Emma sentiu os braços se arrepiarem. O barulho ficou mais alto. Ela distinguiu duas figuras abrindo caminho entre os galhos. Houve um gritinho, e então Thayer e Laurel saíram da vegetação.

— Meu *Deus* — murmurou Lili, jogando água neles. — Vocês nos apavoraram, idiotas.

— Desculpe! — gorjeou Laurel, parecendo alegre. Ela puxou Thayer pela mão. — A gente só estava por aí. — Ela olhou para a irmã ao dizer isso. — Desculpe pelo atraso.

— É, desculpe pelo atraso, Mads — acrescentou Thayer, olhando para a irmã.

A expressão de Madeline estava impassível.

— Por que não atendeu minhas ligações?

Thayer se surpreendeu.

— E-Eu não ouvi.

Madeline saiu da fonte termal e arrancou o telefone de Thayer de seu bolso.

— Não está nem *ligado*! — guinchou ela.

— *Desculpe* — protestou Thayer, erguendo as mãos.

Madeline não respondeu. Todas as outras estavam em silêncio, olhando em volta, constrangidas. Laurel largou a sacola de lona ao lado de uma pedra baixa, fingindo não perceber a tensão. Ela tirou o vestido de ilhoses e colocou uma toalha azul-marinho sobre a sacola.

Agitando a mão em um gesto de desdém, Thayer tirou a camiseta preta por cima da cabeça. Seu peito nu era liso e bronzeado, e os músculos do abdome, definidos. Emma se pegou olhando, depois desviou os olhos. Era surpreendentemente difícil *não* olhar para Thayer. Ele era deslumbrante.

— Ahn, achei que era uma festa só para garotas — disse Charlotte quando ele entrou na fonte.

Thayer ergueu uma das sobrancelhas.

— Estão falando de coisas supersecretas?

Emma deu de ombros.

— Mais ou menos, e...

— Ah, por favor. — Laurel revirou os olhos. — O Thayer pode saber. De um jeito ou de outro, ele vai ser convidado. — Ela se aninhou a ele, olhando Emma o tempo todo. — Enfim, o que você sempre dizia, Sutton? *Se eu contar, vou ter de matar você?*

De repente, Emma sentiu um calor insuportável. Não gostava de ficar ali sentada debatendo sobre morte com Laurel, nem de brincadeira. Não sabia sequer se conseguia ficar na mesma piscina que ela naquele momento. Sem responder, saiu da fonte e enrolou o corpo em uma enorme toalha de praia. O ar frio da noite acalmou sua pulsação, e, respirando fundo e uniformemente, ela começou a percorrer uma das trilhas a fim de desanuviar a cabeça.

Emma se encostou a uma rocha e olhou para o céu noturno, perguntando-se por quanto tempo mais conseguiria aguentar aquilo. Precisava de provas concretas contra Laurel, algo que pudesse apresentar à polícia.

– Sutton?

Emma se virou. Parado diante dela, com a pele reluzente e molhada, estava Thayer. Ele estava sem fôlego, como se tivesse corrido até ela. Emma manteve o olhar afastado do abdome firme de Thayer. Chegou à conclusão de que também era melhor não olhar para os braços.

– *Thayer!* – A voz de Laurel ressoou a distância. – Onde você se meteu?

– Um segundo – gritou Thayer, parecendo um pouco irritado. Ele olhou para Emma com o rosto preocupado. – Você está bem? – perguntou.

– Estou ótima – respondeu ela com os olhos fixos no chão, tentando reunir coragem. Essa era sua chance de questioná-lo. – Ahn, e você? Está se divertindo com Laurel?

A expressão de Thayer se contraiu.

– O que você tem a ver com isso?

Emma ficou perplexa.

– Desculpe. Eu só estava puxando assunto.

Os ombros largos de Thayer se retesaram.

– Eu não entendo, Sutton. – Ele balançou lentamente a cabeça. – Estou tentando seguir em frente. Mas... – Sua voz falhou, engolida pela brisa noturna que passou entre eles. – Não aguento ver você com o Landry – disse ele enfim. – Tenho vontade de matar aquele cara.

Ah, Thayer, sussurrei, desejando que ele pudesse me ouvir. Era muito doloroso estar tão perto dele e não poder explicar o que ainda sentia por ele, mesmo agora. Eu morreria outra vez só de pensar que Thayer poderia achar que meus sentimentos por ele tinham terminado.

O ar frio gelou o biquíni ainda molhado de Emma.

– Desculpe. – Foi a primeira coisa em que ela conseguiu pensar. Não dava para imaginar o que aquilo parecia: Sutton estava apaixonada por Thayer antes que ele desaparecesse. Ele fora atropelado por um carro na última noite deles juntos, e, quando voltara, ela estava com outra pessoa. Ela se sentia muito mal por fazer isso com ele, mas também não podia recomeçar do ponto em que Sutton parara com Thayer. – E... desculpe por não ter feito companhia para você no hospital naquela noite – acrescentou Emma. – Queria dizer isso há muito tempo. Entendo por que ligou para Laurel, mas ainda sinto que deveria ter sido eu...

Thayer soltou uma risada de desdém.

– Não importa. Agora é passado.

– Mas eu me sinto péssima por isso. – Emma ouviu água espirrando e risadas vindas das fontes. – Pelo menos Laurel ficou com você? – pressionou Emma. – Durante a noite toda, digo. Para você não precisar ficar sozinho?

Thayer soltou uma risada, mas a raiva cintilou em seus olhos.

— Acha mesmo que sou tão covarde? Eu não precisava de Laurel para segurar minha mão.

Emma ficou perplexa. Precisava que ele fosse mais claro.

— Então... ela *não* ficou com você?

Thayer balançou a cabeça.

— Ela foi embora logo depois de me deixar lá. Disse que queria falar com você. Estava furiosa, como se quisesse matar você ou coisa do tipo. Nunca a tinha visto assim.

Emma fez de tudo para não engasgar. Era como se as palavras tivessem sido escritas para Thayer, provando a culpa de Laurel.

— Ah, meu Deus — sussurrou ela.

As palavras me percorreram, trazendo um vazio terrível. Até aquele momento, eu não tinha me dado conta de quão desesperadamente queria que Laurel fosse inocente. Ela era minha irmã mais nova, a garota com quem eu crescera, alguém que já tinha considerado minha melhor amiga. Mas as palavras de Thayer me tiraram o último fio de esperança. Ela não passara a noite com ele e também não estava com Nisha e a equipe de tênis. Eu precisava encarar os fatos. Laurel, minha *irmã*, havia me assassinado. Por causa de um *garoto*.

Alguém pigarreou. Emma se virou e viu uma figura parada no final da trilha. Os olhos de Laurel cintilaram na escuridão.

— Então é *aqui* que você está — disse ela, já sem o tom de provocação, e sim com uma voz monótona e fria.

Os pelos dos braços de Emma se arrepiaram. O que Laurel tinha ouvido?

– N-Nós só estávamos conversando – gaguejou ela.

– É – disse Thayer. Seu olhar passou de Emma para Laurel. Estava claro que ele não sabia em qual lado ficar.

Laurel olhou furiosamente para ambos. Depois ergueu algo no ar. Apenas quando o flash disparou, Emma percebeu que era uma câmera. Em seguida, Laurel se virou e voltou para as fontes termais com as costas empertigadas.

– Venha quando estiver pronto, Thayer – gritou ela.

Emma e Thayer observaram-na ir, e meu coração se apertou ao ver os trágicos personagens diante de mim: o garoto que eu amava, a gêmea que eu nunca ia conhecer e a irmã que tirara ambos de mim.

12

ENCONTRO NA PISTA

Na manhã seguinte, durante a aula de educação física, Emma e um grupo de garotas andavam pela pista de corrida em vez de jogar handebol com os meninos. Cada garota andava rápido o bastante para agradar a professora de educação física, mas devagar o suficiente para não suar, de forma a não bagunçar o cabelo e a maquiagem enquanto estivessem na escola.

Emma tentou escutar a conversa interminável sobre os planos para o final de semana, a decepção pelo cancelamento do baile da semana seguinte e o retorno de Thayer à escola, mas não conseguiu se concentrar. Ela mal tinha dormido naquela noite, de tão consciente que estava da presença de Laurel a poucos metros, no final do corredor.

Quando fez a curva e viu Garrett entrando em seu carro no estacionamento, a mente de Emma se surpreendeu. Por que o bonzinho do Garrett estava saindo da escola durante o segundo tempo? Mais bizarro ainda era Nisha estar entrando no banco do carona. Mas Nisha não disse que eles não estavam mais saindo? Eu sabia que o cessar-fogo de Emma com minha pior inimiga era bom demais para ser verdade.

O cheiro de protetor solar e perfume chegou ao nariz de Emma quando um bando de garotas do segundo ano passou apressado.

– Oi, Sutton! – gritou Clara do meio do grupo. As mangas de sua camiseta de tênis do Hollier High estavam enroladas sobre os ombros bronzeados.

– Oi – disse Emma, distraída, afastando-se da cerca. Ela não queria que ninguém a visse olhando para Garrett e Nisha. Só faltava alguma pirralha fofoqueira achar que ela não tinha esquecido Garrett e espalhar o boato pela escola.

De repente, Emma viu Ethan sentado na arquibancada do outro lado do campo e começou a correr em um ritmo animado.

– Oi, sumido – sussurrou ela em seu ouvido, colocando a mão em seu ombro. – Alguém está matando aula? Achei que você tivesse inglês agora.

Ethan se virou. Quando Emma viu sua expressão fria, ela se retraiu.

– Estou meio ocupado.

– O-O que foi? – gaguejou Emma.

Ethan desviou os olhos, observando a pista.

– Ethan? – chamou Emma com delicadeza. Mas ele só ficou ali sentado, evitando o olhar dela.

Um grupo de alunas passou, olhando para Ethan e Emma com o canto do olho. Emma imediatamente colou um sorriso no rosto, tentando evitar que notassem que ela e Ethan estavam brigando.

Enfim, Ethan pegou seu celular e virou-o para Emma com um suspiro. Ela olhou a foto escura e embaçada na tela. Após um instante, percebeu que eram ela e Thayer, parados na trilha, conversando. Seu coração afundou. Ambos usavam roupas de banho, e seus braços quase se tocavam.

Aí ela se deu conta. Laurel tinha enviado para ele.

– Não está vendo? – sussurrou ela. – Ela está tentando acabar com nosso namoro porque está com ciúmes.

Ou está tentando lhe mandar uma mensagem, pensei. *Ela sabe o que você está tramando. Ouviu a conversa entre você e Thayer. Pare enquanto pode.*

Ethan deixou o telefone cair ao lado do corpo.

– Ela fez isto no Photoshop? Porque vocês parecem estar tendo um tête-à-tête romântico.

– Eu estava perguntando a ele sobre a noite em que Sutton morreu – disse Emma. – Você não vai acreditar no que descobri.

De repente, uma barreira de metal caiu no chão quando o treinador de atletismo tentava colocá-la de pé. Emma engoliu em seco. Eles estavam em um lugar público demais. Qualquer um podia ouvi-los.

– Vamos andar um pouco? – perguntou Emma em voz baixa. Por um instante, Ethan ficou sentado, como se não fosse se mover. Quando por fim se levantou da arquibancada, Emma soltou um suspiro de alívio.

Eles começaram a percorrer a pista e logo foram ultrapassados por um bando de alunos que corria. Só quando fizeram a curva para um ponto que ficava atrás do ginásio, Emma o puxou para longe do asfalto vermelho e o levou para o quartinho onde ficavam guardados colchões de treino, dardos e bolas de arremesso de peso. Quando Emma fechou a porta, só restou uma fresta de luz. Teria sido romântico se Ethan não estivesse parado de braços cruzados.

– Thayer me contou que Laurel não passou a noite com ele no hospital – sussurrou Emma com uma voz que pareceu fraca e oca contra o teto baixo. Ela apenas o deixou lá. E ele me disse que ela estava furiosa com Sutton. Ele literalmente falou que ela queria matá-la.

– Uau. – Ethan soltou um assobio baixo, aparentemente esquecido de sua raiva. – Que loucura.

– Então como posso provar isso antes que ela faça alguma coisa contra *mim*? – perguntou Emma. Ela olhou através da fresta na porta, observando alguns adolescentes do Hollier quicando no colchão de salto com vara. – Quero que isso acabe. A coisa está saindo de controle. E, tirando o fato de que quero fazer justiça por Sutton, consegue imaginar como estou cansada de fingir? Como só quero voltar a ser *eu mesma*? Minha vida inteira está parada. Outro dia percebi que talvez não consiga entrar para a faculdade.

Os traços de Ethan se suavizaram.

– Eu sei – disse ele, envolvendo-a com os braços.

Emma aninhou-se a seu ombro, sentindo-se melhor.

– Então não está zangado comigo?

Ethan deu de ombros.

– É difícil pensar em você e Thayer juntos.

– Sabe que gosto de você... e *só* de você.

— Eu sei. De verdade, eu sei. Mas *estou* irritado por você não ter me convidado para as fontes termais. Eu adoraria saber onde ficam.

— Bem, *eu* sei onde ficam. — Emma cutucou o peito dele de brincadeira. — Logo você e eu iremos... sozinhos.

— Está marcado — murmurou Ethan.

— Você ainda pretende ir à festa de aniversário do meu pai no sábado à noite, não é? — perguntou Emma. — *Por favor*, diga que sim. Acho que não vou aguentar sem você. Especialmente por causa da Laurel. Já é sinistro bastante dormir no quarto ao lado do dela. Tranquei a porta e as janelas todas as noites esta semana.

Ethan fingiu pensar no assunto.

— Acho que sim — disse ele após um instante. — Mas só se você for muito, muito boazinha. E só se me apresentar à vovó Mercer.

— Você vai adorá-la. — Emma revirou os olhos. — Mas ela parece que tomou banho de Chanel nº 5. E provavelmente vai lhe oferecer um cigarro.

— Bem, então não vou me esquecer de levar meu isqueiro — brincou Ethan. — Ah, e por falar em mulheres mais velhas, estou quase decifrando o código das câmeras de segurança. Logo vocês poderão entregar à sra. Ambrose a prova de que não foram responsáveis pelo trote da árvore.

— Obrigada! — Emma juntou as mãos de forma dramática. — Aí o Jogo da Mentira vai amá-lo *de verdade*. Elas já estão planejando outro trote para o baile, que vai colocar as Quatro Cafajestes no seu devido lugar.

Ethan ergueu uma das sobrancelhas.

— Vocês não vão fazer nada horrível demais com aquelas garotas, não é? Digo, elas são umas vadias, mas sei do que vocês do Jogo da Mentira são capazes.

— *Eu* não sou uma garota do Jogo da Mentira — lembrou Emma. — E só estamos planejando dar-lhes o que elas merecem. — Então ela teve uma ideia. — Talvez o trote-dentro-do-trote no baile secreto possa ser passar o vídeo em um telão no ginásio. Assim, a escola saberia que o Jogo da Mentira não foi responsável. E as Quatro Cafajestes finalmente terão que admitir seus atos.

Pareceu um bom trote para mim: efetivo, mas não cruel. Eu aprovaria.

Ethan assentiu.

— Acho bom. São fotos em sequência, então será como um *flip book*, e não um vídeo contínuo.

— Melhor ainda. — Emma se encostou na porta do quartinho, repentinamente contemplativa. — Se existisse um vídeo de quem matou Sutton, nossa vida seria muito mais fácil, não é?

A expressão de Ethan ficou séria.

— Acha mesmo que foi a Laurel?

— Sim, acho. Mas isso não significa que a polícia acreditará em mim.

— Já revistou o quarto dela? — perguntou Ethan.

Emma contraiu a boca.

— Algumas vezes, na festa de aniversário de Sutton. E percebi que ela colocou as iniciais de Thayer no calendário na noite da morte de Sutton. — Ela ergueu o rosto, olhando a silhueta de Ethan. Será que Laurel sabia que Thayer estava chegando? Será que os tinha seguido até o Sabino Canyon e depois atropelado Thayer ao tentar atingir a irmã? – Mas nunca bisbilhotei as gavetas dela nem nada desse tipo. Acho que vou tentar de novo.

– Ótimo. – Ethan se aproximou e a beijou. – Nunca se sabe. Talvez eu vá ao próximo baile da escola com Emma Paxton.

– Talvez – disse Emma com a esperança crescendo em seu coração.

Ethan pegou a mão de Emma, e eles saíram do ginásio juntos.

Enquanto o sol brilhava sobre eles como um refletor, eu me perguntei se Emma teria seu final feliz. Se, depois de expor Laurel, viveria com minha família, continuaria andando com minhas melhores amigas e iria para a Universidade do Arizona com bolsa integral. Mas, enfim, eu sabia muito bem que nem todo mundo vivia feliz para sempre.

13

AS AVÓS SABEM TUDO

– Sutton? – chamou uma voz do outro lado da porta do quarto na noite de sexta.

Emma pulou da cama de Sutton, onde estava analisando a lista de *Suspeitos do Assassinato de Sutton Mercer* que tinha começado assim que chegara a Tucson. No topo da página, o nome de Laurel tinha sido riscado em tinta preta grossa, mas Emma o recolocara no final, logo abaixo do nome agora riscado de Thayer, e sublinhara três vezes. Assim que ela fechou o caderno e o enfiou embaixo da cama, a cabeça da avó apareceu pela porta.

– O que é aquilo? – Os olhos da avó se estreitaram quando ela viu algo no chão.

Emma seguiu seu olhar. A extremidade do caderno aparecia sob a saia branca da cama de Sutton.

— Ah, eu só estava escrevendo no diário — murmurou ela em tom despreocupado, chutando-o mais para baixo da cama.

A avó apoiou-se na porta. Como sempre, estava impecável, com um terninho de tweed feito sob medida e salto alto. Seu batom estava perfeito, e o cabelo não se movia quando ela andava. Havia um leve cheiro de fumaça vindo de suas roupas. Emma se perguntou se o sr. Mercer realmente não tinha notado ainda.

— Já fez o dever de casa?

— Na verdade, sim — disse Emma. — Já terminei.

— Ótimo. Então pode vir comigo. — A avó ofereceu a mão. — A festa de seu pai é amanhã, e ele me pediu para resolver umas coisas de última hora. — Ela fez uma careta. — Bem, ele não me *pediu* exatamente, mas acho que algumas coisas têm que ser supervisionadas. Por exemplo, sabia que sua mãe não planejou um esquema de luzes?

Emma abriu a boca, mas a fechou rapidamente. Para ela, parecia que a sra. Mercer planejara até os mínimos detalhes. Fizera incontáveis ligações para o bufê, ajustando e reajustando o cardápio. Eles haviam contratado uma banda de salsa, e ela vinha praticando alguns passos de dança à noite, preocupada porque nunca dançara esse estilo na vida. Emma achava muito fofo ela se esforçar tanto para tornar a festa do marido especial. No entanto, era impossível discutir com a avó. Ela era o tipo de mulher que sempre fazia as coisas a seu modo.

Eu me perguntei se foi dela que herdei *minha* teimosia, mas me lembrei de que eu era adotada. A vovó não fazia parte de minha genética.

Em minutos, Emma tinha colocado um vestido de algodão e saltinhos baixos, pois a avó achara que calça jeans e camiseta eram "desleixadas demais" para ir à Neiman Marcus, e estava sentada no couro macio do banco do carona do Cadillac da avó. E, minutos depois, as duas percorriam o corredor de perfumes da loja. O nariz de Emma pinicava com os cheiros contrastantes.

Uma memória agitou-se em mim. Eu estava andando pela Neiman com a vovó quando era muito mais nova. Uma garota no balcão da Estée Lauder perguntou se eu queria fazer uma transformação, e a vovó me sentou no banco. "Este vai ser nosso segredinho", disse ela em tom conspiratório. Talvez não fosse tão má afinal.

A avó tirou suas luvas brancas de direção.

– Está animada com a festa de seu pai?

– Claro – disse Emma. – No mínimo, vai ser bom ver minha mãe relaxar de novo.

– Vai levar alguém? – perguntou a avó quando parou para cheirar um novo perfume da Dior.

– Vou – disse Emma.

– É aquele garoto que se meteu em um monte de problemas? – perguntou a avó de um jeito severo.

– Thayer? Como sabia sobre ele? – disse Emma, surpresa. Thayer era o namorado *secreto* de Sutton.

– Sua irmã me contou há alguns meses – comentou a avó, dirigindo-se aos elevadores. – Ela falou que era óbvio que estavam juntos. E também que seu amor por ele era... ah, como foi que ela falou? *Obsessivo*, talvez. Perigoso.

De repente, o cheiro dos perfumes começou a deixar Emma um pouco enjoada. Por que Laurel estava contando à avó coisas sobre Sutton e Thayer?

Meu amor por Thayer não era obsessivo, ao contrário do de Laurel.

— Ah — disse Emma com a voz baixa. — Não. É outra pessoa. Um garoto chamado Ethan Landry.

— Que bom — respondeu a avó. — Porque na verdade acho que sua irmã estava com ciúmes. — Então, ela parou de repente no meio do departamento de cachecóis e pegou as mãos de Emma. — Sei que sou dura com você, querida. E às vezes devo parecer fria. Mas só quero o melhor. Desejo que tenha a melhor vida possível e fico muito preocupada quando fico sabendo que se mete em confusões, namora garotos problemáticos, não tira as notas que sei que pode tirar ou mantém um relacionamento tenso com sua irmã. Só quero que você fique segura. Não quero que acabe como... — Ela se calou, pressionando os lábios um contra o outro.

Emma franziu a testa.

— Como quem?

Uma expressão que Emma não conseguiu avaliar passou pelo rosto da avó. Parecia quase medo. Mas houve um estrondo ali perto, e ela se virou. Alguém tinha derrubado uma estante inteira de cachecóis. Vendedoras correram para a cena e os recolheram depressa.

Quando a avó se virou para Emma, seu rosto estava novamente composto.

— E, para ser sincera, também estou um pouco preocupada com Laurel. É impressão minha ou ela parece um pouco... *distraída* nos últimos tempos? Quase como se estivesse preocupada?

As orelhas de Emma queimavam.

— Ahn, pode-se dizer que sim — murmurou ela, mais para si mesma do que para a avó de Sutton.

— Você sabe o que é?

O suor pinicou na nuca de Emma, e ela viu de relance uma mecha de cabelo louro. Então se virou para as portas da frente, certa de que tinha acabado de ver alguém sair de vista de repente.

— Não faço ideia — disse Emma, engolindo em seco.

— Bem. — A avó apertou sua bolsa e foi até as escadas rolantes. — Seja o que for, ela está aprontando alguma coisa.

Não brinca, pensou Emma enquanto seguia a avó.

Um medo gelado me invadiu. Uma coisa era certa. Emma precisava encontrar provas no quarto de Laurel o mais rápido possível e colocar um fim nesta farsa de uma vez por todas.

14

RAQUETADA

Na tarde de sábado, Emma parou a um passo da porta de Laurel, com a mão suspensa sobre a maçaneta. No andar de baixo, ela ouvia o sr. e a sra. Mercer correndo de um lado para outro, fazendo ajustes de última hora para a festa, mas Laurel tinha sumido. Devia estar com Thayer em algum lugar.

Girando a maçaneta, Emma entrou no quarto. O cheiro do perfume de angélica a saudou como uma onda de calor. Havia duas velas sobre a escrivaninha de Laurel, junto com uma caneca cheia de lapiseiras e uma foto emoldurada de cinco cavalos selvagens correndo por um campo gramado. O pôster era sem graça, como os que se veem em hotéis, e estranhamente impessoal em contraste com a colagem de fotos e fitas de tênis que Laurel pregara à parede com tachinhas. Bem ao lado de seu closet havia uma foto em preto e branco de Thayer com o braço em volta dos ombros de Laurel no estacionamento do Sabino Canyon. Estava um pouco torta, e a ponta de outra foto aparecia sob ela. Emma a levantou e viu uma foto de Sutton e Laurel com os braços em torno uma da outra em uma pose quase idêntica à de Laurel e Thayer.

Por um longo momento, Emma ficou ali parada, analisando os rostos sorridentes de Laurel e Sutton. Elas pareciam, nada mais, nada menos, que melhores amigas.

Também olhei a foto com muita atenção, tentando me lembrar de quando fora tirada. No final das aulas no ano passado? Depois de um torneio de tênis? Talvez até antes... Laurel e eu parecíamos muito felizes. Eu não fazia ideia do que tinha acontecido para mudar isso. Talvez tivéssemos nos afastado quando eu encontrara amigas mais legais. Ou talvez tudo se resumisse mesmo a Thayer.

A escrivaninha rangeu quando Emma abriu uma gaveta. Dentro havia uma borracha rosa-choque em formato de coração, clipes de papel nas cores do arco-íris e um grampeador. Canetas Bic rolaram para frente. Pedaços de papel de caderno estavam empilhados. Emma pegou um. *Mads*, dizia um deles, *preciso falar com você sobre uma coisa e é muito importante.* Laurel sublinhara três vezes a palavra *muito*. *Aconteceu uma coisa neste verão, e preciso desabafar. A culpa está me comendo viva. Laurel.* A data era de seis de setembro, uma semana depois do desaparecimento de Sutton.

Emma largou o bilhete como se fosse uma frigideira de óleo quente. Laurel não podia ter considerado confessar a Madeline o que fizera, podia? Ou ia contar a Madeline que vira Thayer? De um jeito ou de outro, Laurel claramente não tinha ido até o fim com aquilo.

Enfiando o bilhete no bolso de trás, Emma olhou embaixo da cama, sob o colchão e dentro do closet. *Nada*. Ela estava a ponto de sair quando viu uma fita esportiva azul aparecendo sob uma poltrona; o tipo de fita que ela e Laurel usavam para enrolar os cabos de suas raquetes de tênis. Emma se agachou e viu uma raquete sob as almofadas. Ela a puxou, depois a olhou por todos os lados. As cordas tingidas de vermelho estavam tão deformadas no meio que Emma ficou surpresa por não terem se rompido. Quando tocou uma delas, um pouco do vermelho se descascou. Não era tinta... era *sangue*.

Os dedos de Emma tremiam na extremidade da raquete. A armação também estava deformada, como se alguém a tivesse batido com força contra algo... ou alguém. Aproximando-se um pouco mais, ela viu um fio longo e escuro de cabelo enrolado na armação, exatamente da mesma cor que seu cabelo. Será que era o cabelo de Sutton? Ela lutou contra a ânsia de vômito. Emma estava segurando a arma do crime?

Ela a soltou de imediato. Agora suas impressões digitais também estavam nela. Lembrou-se das palavras de Ethan depois de descobrir quem ela realmente era: *se fugir agora, todos vão pensar que foi você*.

Talvez fosse exatamente essa a intenção de Laurel: que Emma encontrasse a raquete. Que a tocasse. Que a gêmea desfavorecida fosse enquadrada.

Creque.

Passos soaram na escada. Emma se levantou às pressas bem quando a porta se abriu. O sr. Mercer apareceu com uma expressão perplexa.

– Sutton?

– Ahn, oi – disse Emma, passando a mão pelo cabelo com o coração disparado. Ela se colocou na frente da raquete caída.

O sr. Mercer se apoiou contra o batente da porta, com uma das sobrancelhas levantada.

– Laurel sabe que você está aqui?

– Ahn. – A mente de Emma voou em um milhão de direções, tentando encontrar uma desculpa. – Eu só estava procurando uma pulseira que ela pegou emprestada. Queria usá-la na sua festa. – Ela deu de ombros e mostrou as palmas das mãos. – Mas não tive sorte – disse. – Acho que ela vai usá-la hoje.

O sr. Mercer verificou seu relógio.

– Por falar nisso, acho que é melhor eu me arrumar também. – Ele deu um tapinha na porta. – Não posso me atrasar para minha própria festa, não é?

Emma forçou um sorriso. Assim que o pai de Sutton virou as costas, ela chutou o objeto de volta para baixo da poltrona como se fosse uma raquete velha de tênis, e não a arma do crime. Seu estômago se revirou quando imagens de Laurel golpeando a cabeça de Sutton começaram a rodopiar espontaneamente por sua cabeça.

E também rodopiavam pela minha. Fechei os olhos com força e tentei trazer à mente a lembrança de Laurel me esmurrando até a morte... mas não aconteceu nada. Quando estava prestes a desistir, uma imagem apareceu de relance diante de mim: Laurel e eu empoleiradas em um penhasco rochoso debruçado sobre o Sabino Canyon, o mesmo aonde eu tinha levado Thayer. *É lindo, não é?*, eu perguntara a ela. Seus olhos claros esquadrinharam os paredões do cânion, e um sorriso malicioso apareceu em seu rosto. E então ela disse com total clareza: *É o lugar perfeito para desaparecer.*

15

A SURPRESA DE ANIVERSÁRIO

Emma saiu do carro do sr. Mercer e observou-o entregar a chave a um manobrista de uniforme vermelho e dourado.

– Bem-vindo ao Loews Ventana Canyon, sr. Mercer – entoou o manobrista, indicando o hotel atrás deles.

– Obrigado. – O sr. Mercer assentiu, depois foi até a entrada do resort como se tivesse estado ali cem vezes, o que provavelmente era verdade, e o mesmo devia valer para Sutton. Para Emma, porém, o lugar era completamente novo. Bentleys, Mercedes de luxo e Porsches reluzentes enchiam o estacionamento. O resort em si era feito de pedra cor de argila e mesclava-se à montanha salpicada de cactos atrás dele. O fogo ardia dentro de dois grandes caldeirões que ladeavam a entrada, e Emma viu um lustroso saguão de mármore através das grandes portas duplas. *Garota Provinciana Frequenta*

Cinco Estrelas, pensou, formando uma manchete em sua mente. Aquilo fazia o spa onde ela trabalhara como entregadora de toalhas, em Nevada, parecer um lava a jato caindo aos pedaços.

Um lampejo de lembrança insinuou-se em minha visão. Vi minhas amigas e eu fazendo uma aula de ioga ao ar livre. Dava para ver que era verão, porque estávamos suando e ainda eram sete da manhã. No final da aula, quando o instrutor pediu que todos se deitassem e limpassem a mente, a minha fora invadida por pensamentos agitados. Contudo, não consegui entender com o que eu estava preocupada. Namorar Garrett e Thayer ao mesmo tempo? Minha irmã mais nova ciumenta? Será que eu sabia que estava a semanas, talvez até dias, de minha morte?

– Estamos chegando agora – disse Laurel ao telefone quando ela e Emma entraram no saguão. Estava falando com a sra. Mercer, que chegara horas mais cedo para dar os toques finais. A avó fora com ela e, provavelmente, estava rearrumando toalhas de mesa e talheres.

Laurel enfiou o telefone de volta na bolsa e lançou um olhar de soslaio para Emma.

– Você não parece estar em clima de festa hoje. Anime-se!

Emma tentou não se retrair. Laurel tinha voltado para casa meros minutos depois de ela escapar de seu quarto. Emma viu a irmã entrar no quarto e parar no meio do carpete, batendo com um dos dedos no lábio. Então Laurel se virou e a encarou, mas Emma deu as costas de imediato e correu para o banheiro como se não estivesse olhando. Será que Laurel sabia que ela tinha entrado ali? Sabia o que Emma tinha encontrado?

Imagens da raquete ensanguentada infiltraram-se em minha mente enquanto eu olhava para Laurel. Será que ela sentia remorso? Como podia fingir que estava tudo bem?

Descartando o comentário de Laurel, Emma seguiu o sr. Mercer pelos degraus de pedra e passou por uma fonte de cristal cheia de peixes alaranjados e brancos do tamanho de hamsters. No saguão, viu seu reflexo nos espelhos que iam do chão ao teto, mal se reconhecendo. Tinha escolhido um vestido de festa verde-esmeralda e saltinhos baixos dourados no closet de Sutton. O vestido ainda estava com a etiqueta de preço; tinha custado setecentos dólares. Ela o vestira com hesitação, morrendo de medo de abrir um ponto ou sujá-lo de desodorante.

— *Aí* está meu aniversariante! — ressoou uma familiar voz rouca. A vovó Mercer, em um vestido de baile preto e dourado que parecia algo que uma mulher de idade usaria para o Oscar, flutuou com elegância pelo saguão. Ela pegou o sr. Mercer pelo braço. — Venha, venha! — disse, animada, com a boca destacada por causa do batom rosa-choque. — O lugar está maravilhoso!

Ela lançou sorrisos para Laurel e Emma, depois passou com elas pelos macios sofás de couro branco que cercavam uma lareira. Tapetes de couro preto e branco cobriam o chão de madeira rústica. A avó abriu duas portas de vidro, e elas se depararam com um pátio de pedra cercado por hectares de deserto, de onde se via um lago artificial azul-escuro. O pátio já estava cheio de convidados. Os homens usavam um misto de ternos escuros, calças de linho e camisas impecáveis, enquanto as mulheres estavam com sofisticados vestidos de festa brilhantes como joias. O sol pairava sobre o horizonte, tingindo o céu de rosa bebê, e garçonetes com coquetéis movimentavam-se entre a multidão.

– Kristin se superou – disse o sr. Mercer em tom de "não precisava", mas Emma viu que ele estava muito contente.

A avó franziu a testa.

– Eu *também* ajudei – retrucou ela de modo impetuoso.

Em vez de responder à mãe, o sr. Mercer se concentrou em alguém do outro lado do pátio. Emma ficou na ponta dos pés, e um calafrio a percorreu. Era Thayer Vega, lindo sem fazer esforço, usando calça cáqui justa e camisa branca de botões, com o cabelo de comprimento médio penteado para trás. Ele conversava com seu pai e assentia rigidamente.

O rosto do sr. Mercer ficou pálido. Ele se aproximou de Emma e Laurel.

– Alguma de vocês o convidou?

De repente, a sra. Mercer apareceu ao lado deles. Estava linda em um vestido envelope de Diane von Fürstenberg, e pequenos brincos de diamante cintilavam em suas orelhas.

– Está tudo bem, querido? A festa não está incrível?

O sr. Mercer apontou com o olhar.

– O que *ele* está fazendo aqui?

A mãe de Sutton seguiu seu olhar, depois contraiu a boca.

– Bem, eu convidei os Vega – contou a sra. Mercer. O esforço que estava fazendo para manter a voz calma era óbvio. – Naturalmente, eles presumiram que Thayer estava incluído. Bom, por favor, relaxe e divirta-se. Não queremos confusão.

O rosto do sr. Mercer se endureceu.

– Eu estava falando sério, meninas – disse ele, com os olhos escuros luzindo. – Prometam que posso confiar em vocês.

Emma ergueu as mãos em defesa.

– É claro.

– Sempre pode confiar em mim, papai – acrescentou Laurel em tom de voz doce, enfiando uma mecha de cabelo louro-mel atrás da orelha.

Quase na mesma hora, alguns convidados levaram o sr. Mercer dali, e Emma foi até a mesa do bufê, que estava coberta com todo tipo de comida imaginável, de mini-hambúrgueres a filé mignon, de legumes grelhados a suflês de aparência sofisticada.

Depois de enfiar um cubo de queijo na boca, Emma olhou em volta para ver se alguma de suas amigas ou Ethan tinha chegado. Do outro lado da multidão, ela viu uma das vizinhas dos Mercer gesticulando enquanto conversava com um grupo de mulheres. "E convidamos o pastor Wilkins para aquele clube do livro! Quem diria que uma escolha do Clube do Livro da Oprah seria tão picante!", gorjeou ela. Duas garotas mais novas bebiam Shirley Temples perto do bar, fingindo ser adultas. Então ela viu de relance o sr. Chamberlain, pai de Charlotte. Ele estava com o braço em torno da esposa, cujo vestido curto de oncinha envolvia sua silhueta impecável. Naquele momento, o pai de Sutton atravessou o pátio e deu um forte tapa nas costas do sr. Chamberlain. O pai de Charlotte disse alguma coisa no ouvido do sr. Mercer, que jogou a cabeça para trás em uma gargalhada.

Emma ficou perplexa. Não sabia que aqueles dois homens se conheciam. Só vira o sr. Chamberlain uma vez, na noite de sua chegada a Tucson. Ele a cumprimentara de um jeito constrangido no estacionamento do Sabino Canyon, como se ela o tivesse flagrado em um lugar onde ele não deveria estar.

Sentia que havia algo errado na casa dos Chamberlain, mas Charlotte nunca se abria, e Emma não queria se intrometer.

— Sutton? — chamou uma voz atrás dela.

Emma virou-se e quase esbarrou em Charlotte, Madeline e nas Gêmeas do Twitter — cada qual com um vestido de festa deslumbrante. O de Charlotte era vermelho, o que acentuava com perfeição sua pele clara e rosada; o de Madeline era um roxo-escuro sexy; e as gêmeas usavam vestidos de cor prata e dourado que mal cobriam suas coxas.

— Digam *xiiiis*! — disse Gabby, posicionando a câmera para tirar uma foto. — Vou tuitar dizendo que festas de cinquenta e cinco anos podem ser muito divertidas... se você tiver a atitude certa. — Ela piscou.

Charlotte passou o braço por cima dos ombros de Emma.

— Está se divertindo?

— Este lugar é lindo — respondeu Emma, olhando a mãe e o pai de Sutton. Agora estavam diante de uma mesa cheia de presentes. O sr. Mercer balançava a cabeça com uma expressão de "por favor não me diga que são todos para mim".

— Onde está a Laurel? — Madeline esquadrinhou a multidão.

Antes que alguém pudesse responder, Madeline deu de ombros e desapareceu, dizendo que iria procurá-la. A julgar por sua expressão irritada, dava para ver que ela temia que Laurel estivesse com seu irmão.

Gabby apoiou-se sobre um dos quadris, também a observando.

— Nossa, que controladora. Ela o rastreia como uma tornozeleira de presidiário.

— Aposto que é por causa do pai deles. — Lili indicou o outro lado do pátio. O sr. Vega estava ao lado da mulher, beliscando um prato cheio de morangos mergulhados em chocolate.

— Sabem o que ouvi? — sussurrou Gabby, com os dedos ainda voando sobre o iPhone. — O pai da Mads está pressionando Thayer de todas as formas para compensar o tempo perdido na escola. *Além disso*, o deixou, tipo, de castigo para sempre por ter tornado a vida deles um inferno quando desapareceu. — Ela arregalou os olhos. — Por falar nisso, por que acham que o Thayer sumiu? A Mads não quer falar. Acham que ele era o líder de uma rede de pornografia?

— Não! — exclamou Emma antes de conseguir se conter.

Charlotte pareceu curiosa.

— *Você* sabe onde ele estava?

Emma fechou a boca.

— Claro que não — respondeu ela, tensa. — Mas não era *isso* que ele estava fazendo.

Então, através das esculturas de gelo que derretiam lentamente, Emma viu um garoto de calça escura e camisa azul de botões aparecer na porta do pátio. Seu coração voou.

— Ethan! — chamou ela, acenando para ele.

O rapaz olhou de um lado para outro antes de localizar Emma. Um sorriso largo cruzou seu rosto, e ele andou direto para ela, sem se distrair com as garçonetes e suas bandejas de comida ou drinques.

— Oi — disse ele, olhando-a de cima a baixo. — Você está maravilhosa.

Emma lhe deu um beijo na bochecha, sentindo um frio na barriga.

— Você também está lindo. — Ela passou as mãos por seu cabelo ainda úmido. Sua pele cheirava a sabonete Ivory.

Ethan disse "oi" para Charlotte e as Gêmeas do Twitter, que o cumprimentaram como se ele fosse um velho amigo. Depois, olhou a mesa de comida, que agora incluía uma fonte de chocolate e, no mínimo, dez tipos de torta. Ele soltou um assobio baixo.

— Isto é incrível.

— Eles não se contiveram — disse Emma com orgulho.

— Não sabia que tanta gente do Hollier estaria aqui — observou Ethan.

Só então Emma notou vários de seus colegas de turma entre a multidão. Havia garotas da equipe de tênis e seus pais, incluindo Nisha, radiante em um vestido branco e curto, junto com o pai. Uma garota da aula de alemão estava perto do bar com dois caras da equipe de tênis, e várias garotas que Emma reconhecia da festa de aniversário de Sutton riam perto do quarteto de cordas. Várias olhavam para Emma e Ethan como se fossem o novo casal popular.

Quando uma garçonete passou, Emma pegou um copo de água com gás e deu de ombros.

— Acho que a sra. Mercer é da Associação de Pais e Professores. Talvez tenha feito amizade com outros pais ao longo dos anos.

Ethan baixou os olhos.

— É, meus pais nunca gostaram muito desse tipo de coisa.

Emma apertou seu braço e lhe deu um beijo rápido antes de puxá-lo para um canto quieto.

— Encontrei uma coisa no quarto de Laurel — disse ela. Depois respirou fundo. — Acho que é a arma do crime.

Os olhos de Ethan se arregalaram quando Emma lhe contou da raquete de tênis.

— Você a roubou?

— Não. Fiquei com medo de que ela notasse que tinha sumido. Só que deixei minhas impressões digitais por lá.

Ethan voltou-se para a multidão por um instante, observando um garçom passar com uma bandeja cheia de tortas de frutas.

— Essa pode ser sua prova — continuou ele em tom de urgência.

— Eu sei, mas como? — pressionou Emma. — Se pelo menos pudéssemos testar o fio de cabelo ou um pouco do sangue... mas para isso teríamos de contar à polícia que Sutton está morta. — Ela mordeu o lábio e pensou por um instante. — Acho que eu poderia escrever um bilhete anônimo contando tudo à polícia e depois sair imediatamente da cidade. Assim, se tentassem me culpar, eu já teria ido embora. E estou muito boa em recomeçar com um novo nome. — Emma soltou uma risada triste.

Ethan pareceu horrorizado com a sugestão.

— Mas quem quer que tenha matado a Sutton pode persegui-la por ter partido... *ou* por anunciar ao mundo que ela morreu. E, além disso, para onde você iria, o que faria? Sua vida é *aqui*. E é maravilhosa.

— A vida de Sutton é maravilhosa — corrigiu Emma. Então seus ombros se curvaram. — Mas você está certo. Não tenho ideia do que fazer. Não tenho mais vida. Não tenho mais *nada*.

Ela se virou e observou a vista, reparando nas luzes baixas da piscina, nas rochas tranquilas e no deslumbrante pôr do sol. Notas melódicas do quarteto de cordas enchiam o ar. Ela se permitiu um momento para saborear aquilo, para desejar que aquela fosse *sua* vida.

Ethan se aproximou.

— Você tem a mim — lembrou ele.

Emma o envolveu com os braços.

— Graças a Deus.

Quando se separaram, Emma sentiu que alguém a encarava do outro lado do pátio. Era Laurel, que conversava com Madeline, parada muito mais perto de Thayer do que o sr. Mercer teria aprovado, embora Emma não visse o sr. Mercer em lugar algum. Laurel a encarava de forma ameaçadora, e ela sentiu uma pontada de medo.

Ethan também viu Laurel e apertou Emma contra si. Mas nem mesmo o abraço protetor de Ethan a fez se sentir melhor. Na verdade, estar no meio de tanta gente começou a sufocá-la. Ela tocou o braço de Ethan.

— Preciso molhar o rosto. Já volto.

Ethan assentiu.

— Quer que eu vá com você?

— Não, só preciso ficar um minuto sozinha. — Então ela atravessou o pátio e foi até o saguão do resort. Havia um tapete de couro de vaca diante da gigantesca lareira. Vasos de orquídeas ficavam sobre as mesas de pedra, e fotos de pessoas de aparência importante em molduras prateadas pontuavam as paredes.

Enquanto atravessava um longo corredor, um sussurro a fez parar de repente. Duas pessoas conversavam junto à porta de uma das escuras salas de conferências. Ela teria seguido em frente, mas reconheceu de imediato uma áspera voz de fumante.

— Você a viu outra vez? — perguntou a avó. Suas palavras sussurradas ferviam de raiva.

— S-Sim — respondeu uma voz trêmula. Emma tapou a boca com a mão. Era o pai de Sutton.

Ela espiou pelo canto da porta. O sr. Mercer e a avó de Sutton estavam parados na frente da sala, perto de uma grande tela branca. O rosto da avó de Sutton estava contraído. A parte superior de seu corpo curvava-se na direção do filho.

— Qual é seu problema? — sussurrou a avó. Ela parecia querer bater nele. — Ela não faz bem para esta família. Você tem de parar com isso *agora*.

— Mas...

— Sem *mas*. E se Kristin descobrisse?

Emma ficou perplexa. *Vê-la. Ela não faz bem para esta família. E se Kristin descobrisse?*

O sr. Mercer estava tendo um *caso*?

Eu também não conseguia acreditar. Meu pai não parecia ser do tipo que faria isso. Ele agia como um cidadão muito correto, dedicado à família e a seu trabalho como cirurgião. Será que toda a minha família guardava segredos horríveis?

— Sutton?

De repente, Emma ouviu um passo atrás dela. Ela se virou, sobressaltada, esbarrando em um longo aparador de pedra que ficava contra a parede. O rosto de Thayer flutuou diante de seus olhos, e ele sussurrou seu nome mais uma vez.

— Sutton?

Antes que Emma pudesse responder, um vaso enorme e fino que estava na mesa começou a balançar. O objeto virou como se estivesse em câmera lenta, caindo no chão e quebrando-se em mil pedaços.

Na sala de conferências, o sr. Mercer e a avó se sobressaltaram. O olhar deles deslocou-se para o vaso, depois para

Emma. O rosto da avó ficou pálido. A boca do sr. Mercer formou um O. Emma fixou os olhos no pai de Sutton, passando uma das mãos pelo cabelo, e ele correu em direção a ela com os olhos em brasa.

— Meu Deus — guinchou Emma, pega de surpresa. Quando ela se virou, Thayer não estava mais atrás dela, e sim entrando no banheiro masculino, que ficava ali perto. Olhando de relance para a porta oscilante do banheiro, ela correu até a porta ao lado e fugiu do resort.

Fui puxada atrás dela, para longe de meu pai, para longe da festa e para dento do vasto deserto. Mas o olhar do meu pai, junto com a fuga de Emma, colocou minha mente em movimento. De repente, eu estava caindo de cabeça em outra lembrança.

E essa eu *definitivamente* não queria ter.

16

MAIS ALGUÉM CAI

DA PRÓXIMA VEZ QUE NOS VIRMOS, VOCÊ VAI MORRER.

Que dramática, *penso*, recolocando o telefone no bolso depois de apertar APAGAR. Mas logo depois tenho uma leve sensação de medo. *Talvez não devêssemos ter pedido a Laurel para levar Thayer ao hospital. Sei o quanto ela é louca por ele. Sei o quanto a entristeceria saber que estamos saindo escondidos. Claro, eu até desejei esfregar isso na cara dela. Olhe! Sou muito melhor que você. Mas talvez a tivesse pressionado demais.*

Olho em volta. Está tão escuro no cânion que mal consigo ver meus dedos diante do rosto, e meu telefone perdeu o sinal outra vez. Enxergo vagamente a estrada no topo da ladeira, assim como as rachaduras do chão e os seixos que cobrem o caminho alinhados em zigue-zague. Meu coração bate forte na garganta. Eu já deveria ter chegado ao condomínio de Nisha. Estou perdida? Tomei um caminho errado? Penso nas histórias que vejo no jornal sobre pessoas que se perdem aqui e nunca mais são encontradas. E se acontecer comigo? E se eu morrer aqui e coiotes comerem meus ossos?

Nunca irei ao baile de formatura. Nunca comprarei aquela bolsa da Marc Jacobs em que estava de olho. Nunca mais direi a Thayer que o amo. Nunca farei nada que queria.

Meus membros parecem não ter peso quando começo a girar em círculos. O deserto me cerca em todas as direções. Eu me viro para olhar o cânion acima, na esperança de me situar. Rochas erguem-se em arcos pontudos, mas nenhuma das formas parece familiar. E enquanto estou girando, tentando descobrir onde estou, vejo um banco na metade da subida do penhasco. Será que é... uma pessoa *olhando para mim?*

Mas então nuvens obscurecem a luz e não consigo mais ver absolutamente nada. Você está perdendo a linha, Sutton, *digo a mim mesma, sacudindo as mãos.* Controle-se. Foque. Você não vai morrer aqui. Vai encontrar a saída. E não é só porque você e Thayer fugiram de algum maluco aqui em cima que essa pessoa ainda está por aqui. Eu sou Sutton Mercer, e, se alguém consegue sair daqui, esse alguém sou eu.

Um motor ronca a distância. Eu me viro e vejo faróis brilhando sobre o cume da estrada.

— Ei! – grito, balançando os braços. Nunca fiquei tão feliz em ver um carro em toda a minha vida. Considero pegar uma carona, já fiz isso antes e preciso muito que alguém me leve para casa. E, de repente, é para lá que quero desesperadamente ir. Não para a casa de Nisha. Não para a casa de Madeline. Mas para a minha casa. Sem mais nem menos, fico tão ansiosa para ver minha família que sinto uma pontada que parece de fome. Quero que minha mãe faça canja de galinha para mim e me diga que vai ficar tudo bem. Quero que meu

pai me coloque na cama e me garanta que nada de ruim vai acontecer comigo.

Também quero dizer a eles que sinto muito por tudo o que fiz nos últimos tempos. Tenho tornado as coisas muito tensas em casa, ignorando todas as regras e sendo ríspida com eles o tempo todo. É só que, como meu aniversário de dezoito anos está chegando, quero informações sobre minha mãe biológica, saber mais sobre minhas origens. Posso ter por aí uma família totalmente diferente, da qual não sei nada. Talvez até uma irmã ou um irmão de sangue. Mas toda vez que toco no assunto minha mãe começa a chorar, e meu pai fica com uma expressão tensa, como se de algum modo eu o tivesse magoado profundamente. Sempre consigo o que quero, mas meus pais não me contam nada, então minha forma de puni-los é passar a noite em festas com Mads ou sair escondida para encontrar com Thayer quando ele volta à cidade.

O carro que se aproxima sacoleja sobre a terra cheia de pedras, e os pneus levantam uma nuvem de poeira.

– Ei! – grito, balançando os braços outra vez. Quando o veículo se aproxima, deixo os braços caírem nas laterais do corpo. Por que um carro estaria passando por essa estrada isolada? E por que aqueles faróis parecem familiares? É meu carro? Será que o motorista misterioso voltou?

Só que os faróis não têm o mesmo formato que os meus. Mesmo assim, eu os reconheço de algum lugar. Eu me endireito quando o carro acelera com um rugido. Vai me atropelar!, *percebo, correndo pela trilha. Assim como alguém atropelou Thayer.*

De repente, minha mente rodopia. Da próxima vez que nos virmos, você vai morrer. *Poderia ser Laurel? Será que ela enlouqueceu?*

Eu me viro e começo a correr, me embrenhando no deserto. O motor reage, roncando mais alto e saindo do caminho também. Uma voz está chamando, mas não consigo ouvi-la por causa do barulho do motor e dos estalos dos pneus esmagando cactos e lançando pedras no ar. Corro o mais rápido que consigo, mas o carro está acelerando até o ponto em que consigo sentir seu calor e sua velocidade em meus calcanhares. Os faróis despejam feixes dourados diante de mim, e vejo a sombra de meus braços em movimento.

— Por favor! — grito, virando-me. Tento ver quem é o motorista, mas está escuro demais, e meus olhos estão cheios de lágrimas. — Por favor, pare!

Agora o carro está a apenas alguns metros de mim, prestes a me derrubar. De repente, um som agudo ecoa no ar. E o carro para. Olho por sobre o ombro bem a tempo de ver a janela se abrindo. Eles estão armados! *É tudo o que consigo pensar, e me desvio de um cacto na fuga.*

— Sutton! — grita uma voz.

Eu paro. Conheço essa voz. Eu me viro e vejo meu pai aparecendo pela janela. Fico perplexa. Meu coração começa a desacelerar.

— P-Pai? — gaguejo, voltando lentamente até ele.

Mas há algo errado. O rosto de meu pai está cansado. A luz da lua se reflete em fios grisalhos de seu cabelo escuro. Suas sobrancelhas se encontram no meio, e ele olha para mim como se estivesse enojado por minha simples presença. Não reconheço esse olhar. Meu pai sai do carro, lançando-se à frente como uma cascavel furiosa. Sua mão agarra meu braço. Com força.

Minha boca se abre.

— Papai — choramingo, olhando para meu pulso, onde cinco marcas vermelhas já começam a se formar. — Solte. Você está me machucando!

Mas ele não solta. Pelo contrário, continua me encarando com um olhar inquisidor e cheio de ódio, como se estivesse tão zangado comigo que não conseguisse sequer falar.

— *O que você viu?* — dispara ele por fim.

— *N-Nada!*

Mas meu pai aperta meu pulso com mais força. Eu suprimo um grito, sentindo uma dor aguda irradiar por meu braço.

— *Sei que viu alguma coisa. Por que outro motivo vocês fugiram?* — *De repente, a voz de meu pai adquire uma calma tão sinistra que levo um segundo para entender as palavras.*

Eu sei que viu. *Minha pulsação se acelerou quando juntei as peças. Por isso Thayer tinha me arrastado para longe do patamar e praticamente me empurrado trilha abaixo. Ele vira meu pai fazendo... alguma coisa. Alguma coisa que o assustara. Algo que Thayer achou que eu não devia ver.*

E é então que noto que ele está coberto de pó. Poeira do deserto. A mesma que me cobre agora, depois que corri pelo cânion. Um calafrio me percorre, e o som de passos nos perseguindo pelo cânion ecoa em minha cabeça. Alguém nos seguira. Alguém tinha atropelado Thayer.

Mas parece impossível o perseguidor ser meu pai. Ele me ama. *Levou sorvete de amendoim para mim quando caí de bicicleta. Ele me ensinou a sacar uma bola de tênis. Passa horas me ajudando a restaurar meu Volvo vintage de corrida, o mesmo que quase matou o garoto que eu amo.*

Mas não conheço o homem que está apertando meu pulso com tanta força que temo que o quebre. Alguém capaz de me ferir. Alguém capaz de qualquer coisa.

— *Me solte!* — *grito.*

Meu pai se limita a me puxar para o carro. Tento me livrar de sua mão, mas ele é forte demais. Minhas pernas chutam, abrindo buracos no chão. A adrenalina me domina, e me lanço à frente, dando uma cotovelada no peito de meu pai.

— Sutton! — grita ele, me soltando.

Eu me viro e saio correndo. Minhas pernas estão a toda conforme cruzo o deserto. Meus pés levantam poeira e terra quando fujo dele. Meu cabelo voa sobre o rosto, e tento tirá-lo de cima dos olhos. Não que realmente faça diferença. Não consigo mesmo ver para onde estou indo. E não importa. Tudo o que tenho que fazer é correr, correr e correr até ter escapado dele. Se tiver que correr para sempre, correrei.

Mas, pelo som do motor acelerando atrás de mim, percebo com um medo nauseante que o "para sempre" não é uma possibilidade. Não mais. Não se meu pai me atropelar, exatamente como atropelou Thayer.

17

SEM PRESTAR SOCORRO

A terra crepitava sob os pés de Emma enquanto ela corria por uma trilha no deserto. O que ela queria, naquele segundo, era se afastar o máximo possível do sr. Mercer. Já vira aquele olhar nos rostos furiosos de pais temporários. Com tudo o mais que estava acontecendo, a última coisa de que ela precisava era travar uma batalha com ele também.

Talvez a batalha de minha irmã fosse justamente contra meu pai. Com todas as minhas forças, eu torcia para ter interpretado mal a lembrança que acabara de ter. Talvez meu cérebro de garota morta estivesse me iludindo. Talvez eu só estivesse me lembrando de um sonho. Meu pai nunca tinha olhado para mim daquele jeito; nunca, jamais tinha me agarrado pelos braços ou me machucado. *Nunca*. Mas foi o que fez naquela noite.

Logo os sons da festa se desvaneceram, e tudo o que Emma conseguia ouvir eram as batidas fortes do coração e o cascalho arenoso sob seus pés. Lentamente, ela repassou tudo o que escutara entre o sr. Mercer e a avó, cuja discussão cortante ecoava em sua mente. O sr. Mercer estava tendo um caso. Será que era sério?

Havia uma pedra lisa à frente, salpicada pela luz da lua. Emma abaixou-se para se sentar sobre ela, com as pernas doendo por ter corrido de salto alto. Quando contornou com o dedo as minúsculas fissuras na superfície da pedra, lembrou-se de algo de sua infância. Ocasionalmente, sua mãe arranjava namorados, e, embora Becky a houvesse abandonado quando tinha cinco anos, Emma se lembrava de alguns deles.

Eram caminhoneiros, vendedores desonestos ou simplesmente desempregados, mas houve um chamado Joe que Becky amou muito, e Emma também gostava dele. Ele assistia a desenhos com ela e levava doces e brinquedinhos da loja de conveniência onde trabalhava no turno da madrugada. Joe era muito mais legal que os outros com quem Becky saía, e Emma começou a ter esperanças de que ele fosse seu pai. Ela queria um pai mais do que tudo. Contudo, um dia Joe parou de aparecer, e Becky parou de falar sobre ele. "Aquele idiota me enganou", disparou Becky quando Emma perguntou onde ele estava. Emma não sabia do que Becky estava falando. Em seu mundo, *enganar* significava andar espaços extras com a peça no jogo Candy Land. Ela nunca tinha sequer *visto* Becky e Joe jogarem Candy Land juntos.

Suspirando, Emma desceu da pedra e se alongou, sabendo que tinha que voltar à festa antes que alguém começasse a fazer perguntas.

A mão de alguém se fechou sobre seu ombro, e Emma se sobressaltou. *Laurel*. Tinha que ser. Imagens de sua raquete de tênis ensanguentada chisparam pela mente de Emma. Ela se virou, certa de que veria a irmã de Sutton atrás dela. Mas foram os olhos castanho-esverdeados de Thayer que a encararam.

— Ah! — sussurrou Emma, dando um passo para trás.

A camisa branca de botões de Thayer estava para fora da calça.

— Você está bem? Você... os ouviu?

— Sim — admitiu ela. — Ouvi tudo.

Thayer estendeu as mãos como se fosse abraçá-la, mas, claramente se lembrando de que o relacionamento entre eles havia mudado, enfiou-as nos bolsos, constrangido.

— Era disso que eu estava tentando protegê-la naquela noite no Sabino — disse ele. — Vi seu pai na trilha com... bem, com alguém que não era sua mãe. Foi por isso que tentei mantê-la longe deles... e por isso que a mandei correr.

Emma ergueu o rosto. Ela não esperava que ele dissesse isso.

— Espere. Era meu *pai* na trilha?

Thayer soltou o ar com força.

— Era. É por isso que seu pai correu atrás de nós. Ele percebeu que eu o tinha visto — continuou ele, parecendo atormentado. — Desculpe por não ter contado a você. Eu ia contar... mas fui para o hospital, depois voltei para a reabilitação, e então você parou de responder meus e-mails.

Minha cabeça girava junto com a de Emma. Eu estava *certa* sobre aquela poeira do deserto que vira em meu pai. *Era* dele que eu estava fugindo. Dele e de alguma destruidora de lares horrorosa. Por isso que ele exigira saber o que eu tinha visto. Mas será que fora atrás de mim para me calar com um suborno... ou me calar para sempre?

— Eu não contei a Laurel — continuou Thayer, fazendo uma pausa para enxugar o suor da testa. — E acho que você também não devia contar.

Emma o encarou, sentindo a cabeça vazia.

— Por que não?

Ele mordeu o lábio.

— Ela não é tão forte quanto você. Acabei de descobrir que ela ficou muito mal quando me levou para o hospital.

— Bem, ela estava furiosa comigo — observou Emma. — Você disse que achou que ela queria me matar.

Thayer balançou a cabeça.

— É, mas hoje de manhã eu estava na fisioterapia e uma enfermeira perguntou como estava minha namorada. A princípio, achei que estava falando de você, mas ela se referiu à garota loura que passou a noite comigo quando me acidentei. Embora eu tenha dito para ela ir embora, ao que parece Laurel ficou na sala de espera, soluçando. — Thayer respirou fundo, depois passou a mão pelo cabelo. — A enfermeira falou que ela estava tão histérica que tiveram que lhe dar um sedativo e mantê-la em observação no hospital durante a noite. Não queriam que ela dirigisse naquelas condições.

Emma ficou de queixo caído quando absorveu as palavras de Thayer. Ela entrelaçou as mãos na nuca, tentando se situar.

— Espere. Laurel passou a noite inteira no hospital... e era meu *pai* quem estava no cânion naquela noite — repetiu ela.

— Sim — confirmou Thayer com a voz suave.

Uma coruja piou a distância. Uma nuvem passou por cima da lua. Emma olhou para ele.

— Meu pai já disse algo sobre aquela noite para você? Deu algum tipo de explicação sobre o porquê de estar ali?

Os olhos de Thayer se estreitaram, e ele fez um barulhinho incrédulo no fundo da garganta.

— Eu diria que me atropelar com seu carro foi uma indicação muito clara de que ele nunca mais queria que eu mencionasse aquela noite.

Emma se endireitou, com os membros ardendo.

— *Ele* atropelou você?

Isto não está acontecendo, pensei. *Não pode estar acontecendo. O que vi não era um sonho.* Cada detalhe cruel e horrível era verdadeiro.

Thayer olhou para Emma e deu de ombros.

— Quem mais poderia ser? Seu pai estava nos perseguindo. E quem quer que tenha me atropelado, estava dirigindo o *seu* carro. Ele tem sua chave, não é?

Eu tinha deixado a chave cair ao lado do carro naquela noite, mas sem dúvida meu pai também tinha uma chave extra.

A mente de Emma estava confusa, e de repente tudo o que ela pensara ser verdade tinha se virado de cabeça para baixo, e outro cenário começava a tomar forma. Então Laurel *não* era culpada. Mas alguma outra pessoa estava lá na noite em que Sutton morrera. Alguém que tinha um motivo para calar a garota. O sr. Mercer. E então outra coisa ocorreu a Emma: e se o sr. Mercer não estivesse apenas tentando proteger seu caso? E se Sutton tivesse ameaçado contar à política que ele havia atropelado Thayer? E se ele a tivesse matado para calar sua boca?

Mas o sr. Mercer era o *pai* de Sutton. Será que podia ser verdade?

Emma sentou-se outra vez sobre a pedra, colocou a cabeça entre as mãos e então, inesperadamente, começou a soluçar. Talvez fosse o estresse por ter se controlado por tanto tempo, mas lágrimas começaram a descer rápida e furiosamente por seu rosto.

Eu também queria poder chorar. De choque. De torpor. Por causa da injustiça de tudo aquilo. Mas, por mais que eu tentasse, não conseguia derramar uma única lágrima.

– É por isso que meu pai queria que Laurel e eu ficássemos longe de você? – perguntou ela, com a voz abafada entre os dedos. – Porque você ia contar que ele estava tendo um caso? – *E porque ia me contar que ele o tinha atropelado e depois matado a irmã gêmea que eu nem sequer sabia que tinha?*, acrescentou ela em silêncio.

– Não sei – disse Thayer com suavidade. Ele deu um pequeno passo em direção a Emma. – Mas é possível. – E então se sentou, puxou-a para perto e a abraçou com força. – Você vai ficar bem. Prometo – sussurrou ele em seu ouvido com toda a delicadeza.

A princípio, o corpo de Emma estava rígido, mas era tão bom sentir Thayer contra si que ela começou a relaxar. Precisava de alguém para abraçá-la naquele momento. De alguém para lhe *dizer* que ia ficar tudo bem. Emma se permitiu chorar por alguns minutos até as lágrimas secarem e os soluços diminuírem.

Fiquei olhando para os dois, sentindo uma inquietude que não tinha nada a ver com o que acabara de descobrir sobre meu pai. Thayer estava abraçando uma garota exatamente igual a mim... mas que não era eu, e não havia nada que eu pudesse fazer para impedir.

Após um instante, Emma se soltou de Thayer, sentindo-se constrangida.

– Eu deveria... preciso ficar sozinha – murmurou ela, enxugando as lágrimas. Era verdade, mas também precisava se afastar dele. Não era justo com Ethan ser reconfortada pelos braços de outro garoto, sobretudo quando esse garoto era Thayer.

Ele a observou, seus olhos suaves sob a luz.

– Saiba que estou sempre aqui para você, Sutton.

– Obrigada – disse Emma com um fio de voz, depois seguiu pela trilha a caminho do hotel, respirando com calma enquanto processava tudo o que Thayer acabara de lhe contar. O sr. Mercer tinha matado a própria filha porque ela sabia o que ele tinha feito.

Mas eu *não* sabia que era ele; não até ele aparecer no próprio carro. Estava muito escuro naquela noite, e eu não tinha visto o motorista. E não o vira com a amante porque Thayer me protegera da verdade. Ele tinha feito o que meu pai deveria ter feito: cuidar de mim e me manter fora de perigo. Como meu pai conseguia viver consigo? Será que não me *amava*? Mas então a lembrança que eu acabara de ver reapareceu em minha cabeça. Por mais que quisesse apagá-la, só ficava mais escura. O carro vindo em minha direção. Aquelas palavras ásperas, *Entre no carro, Sutton!*. A mão ao redor de meu pulso, os músculos fortes me arrastando na terra.

Embora ninguém conseguisse me ouvir, abri a boca e chorei. Meu assassino era meu pai.

18
TOME CUIDADO

Naquela noite Emma se deitou na cama de Sutton completamente sem sono. Tinha fugido da festa depois de sua conversa com Thayer, sem querer encarar o sr. Mercer. Antes de ir, enviou mensagens de texto breves às amigas de Sutton, dizendo que não estava se sentindo bem, embora soubesse que devia parecer loucura. Assim que voltou à casa dos Mercer, teve uma longa conversa com Ethan por telefone, discutindo tudo o que havia descoberto. Ele quis ir até lá imediatamente e só desistiu quando Emma prometeu que ligaria assim que acordasse; ela não podia correr o risco de o sr. Mercer perceber que Ethan também sabia sobre ele.

Então ela se trancou no quarto, empurrou a cômoda de Sutton para frente da porta e jogou as cobertas sobre a cabeça. A sra. Mercer bateu na porta uma hora depois e perguntou se ela estava bem, mas Emma fingiu estar dormindo. *Provavelmente foi algo que ela comeu*, ouviu a mãe de Sutton sussurrar no corredor. *Ou algo que ela bebeu*, resmungou a vovó Mercer. Emma não ouviu a voz do sr. Mercer.

Ela sabia que a desculpa da doença não ia durar muito; em algum momento teria que encarar a família. O sr. Mercer sabia que Emma o escutara. Mas será que sabia que ela tinha juntado as peças? E o que ele estava esperando? Por que ainda não a tinha matado? Claro que sabia o quanto ela tinha bisbilhotado. Será que faria parecer que ela morrera em um acidente? Assim, eliminaria de uma vez só Emma e Sutton.

Eu também tinha me perguntado se meu assassino estava ganhando tempo, decidindo qual seria a melhor maneira de matar Emma de forma a parecer um acidente; uma batida de carro, uma overdose, um tombo feio. Meu pai era médico e tinha acesso a todos os tipos de drogas. Estaria planejando matar Emma enquanto ela dormisse e depois fazer o papel de pai enlutado para o resto do mundo?

As cortinas brancas tremulavam como fantasmas. O enorme closet de Sutton estava aberto, revelando vestidos e blusas organizados nos cabides. Em seu computador, o protetor de tela mostrava fotos de suas melhores amigas. Agora que Emma tinha feito o upload de mais fotos, tanto imagens dela quanto de Sutton passavam pela tela. Havia uma de Sutton com seu uniforme de tênis do Hollier. A seguinte retratava Emma e Charlotte no La Encantada, posando com roupas malucas no provador da Neiman. A única diferença no rosto sorridente das gêmeas era a cicatriz minúscula no queixo de Emma, resultado de uma queda do Hamburglar no parquinho de um McDonald's quando era pequena.

Emma se sentou de repente. O sr. Mercer tinha falado daquela cicatriz na primeira manhã em que ela tomara café com a família. Talvez fosse algum tipo de aviso de que a menor diferença podia estragar seu disfarce se ela não fosse cuidadosa.

Ela se deixou cair na cama outra vez, morrendo de medo e de melancolia. O sr. Mercer parecia tão doce e carinhoso, o tipo de homem que faria qualquer coisa pelas filhas, o que tornava ainda mais triste o fato de ele ter feito algo tão terrível.

Fechei os olhos com força, enojada pela ideia. De tudo o que tinha acontecido desde minha morte, isso era o mais difícil de processar. Eu sentia que estava me afogando toda vez que pensava em tudo o que meu pai fizera para me decepcionar. Como pôde trair minha mãe? Ele sabia que isso ia destruir nossa família. E como pôde ter me matado? Como meu pai pôde arrancar a vida de mim, sua filha? Talvez nunca tivesse me amado. Talvez eu fosse apenas uma filha adotada que ele nunca quis, para começo de conversa.

Sem nenhum sinal de sono, Emma rolou para o lado, tirou de baixo da cama o caderno em que anotava os avanços da investigação sobre o caso de Sutton e o abriu em uma página em branco. *sr. Mercer*, escreveu em cima. Era doloroso colocar aquilo no papel.

Então ela se recostou para pensar. Ele sabia de Emma o tempo todo? Será que Becky mencionara que Sutton tinha uma gêmea quando a colocou para adoção? Será que ele colocara aquele vídeo de Sutton sendo estrangulada na internet na esperança de que Emma o visse e aparecesse? Emma sempre achara uma coincidência doentia o fato de Travis, seu irmão temporário na época, ter encontrado o vídeo do assassinato que levara Emma a Sutton na mesma noite em que Sutton morrera. Mas o sr. Mercer devia ter assistido aos vídeos do Jogo da Mentira de Laurel e encontrado um que chamaria a atenção de todos. E então havia invadido a conta do Facebook de Sutton e respondido a Emma. Sutton estava sempre logada. Teria sido muito fácil.

Então Emma pensou novamente na primeira manhã em que tomou café com os Mercer. O pai de Sutton desapareceu de casa no meio do café, dizendo que ia pegar o jornal. Ele teve tempo de prender o bilhete *Sutton está morta* no carro de Laurel. Ele era amigo do sr. Chamberlain, e, se Sutton e as amigas tinham o código do alarme da casa dos Chamberlain, sem dúvida o sr. Mercer também podia ter. Até onde Emma sabia, os Mercer cuidavam da casa quando os Chamberlain saíam de férias. Emma não sabia como o pai de Sutton tinha entrado sem ser notado no auditório da escola para jogar o refletor sobre ela, mas ele era ágil; corria toda manhã antes do trabalho e às vezes fazia trilhas nos finais de semana. E provavelmente era capaz de várias coisas.

Algo rangeu no corredor, e o pânico se formou no peito de Emma. E se fosse o pai de Sutton? Houve outro rangido, sem dúvida um passo. Emma reprimiu um pequeno soluço. Fora aterrorizante viver sob o mesmo teto que Laurel quando Emma achava que ela matara Sutton. Mas o sr. Mercer tinha duas vezes o seu tamanho. Emma não teria a mínima chance.

A maçaneta começou a se virar. Com o coração na boca, Emma esperou que a porta se abrisse e batesse contra a cômoda de carvalho, mas Drake soltou um latido choroso, e a maçaneta voltou para o lugar.

A pulsação de Emma ainda estava acelerada quando os passos voltaram pelo corredor. Ela fixou os olhos no teto. A luz da lua iluminava uma minúscula rede de rachaduras que se espalhavam a partir do lustre. Emma as contou várias vezes, perguntando-se se um dia conseguiria dormir outra vez.

19

UMA FAMÍLIA GRANDE E INFELIZ

Emma ficou assim pelo resto da noite, com as cobertas até o queixo. Todo som de cano ou assobio de ar dentro de um duto de ventilação fazia seu coração disparar. Quando ouviu o alarme do sr. Mercer tocar às seis horas da manhã, seguido pelo ranger das escadas quando ele desceu com seus tênis de corrida, foi até a janela para vê-lo sair despreocupado e tranquilamente pela rua. Como se não fosse um assassino. Como se não tivesse tentado entrar no quarto de Emma na noite anterior, provavelmente para matá-la também.

Às dez horas, Emma não conseguiu mais segurar a vontade de usar o banheiro. Com relutância, saiu da cama, percorreu o corredor e trancou a porta. Entrou no chuveiro, deixando o som da água corrente abafar seus soluços. Quando por fim se controlou, fechou a torneira e usou a palma da mão para limpar o vapor do espelho. Olhou para seu reflexo e por um instante fingiu que eram os olhos azuis de Sutton que a encaravam.

– Preciso de você, Sutton – sussurrou. Ela sabia que era loucura falar com a irmã gêmea morta, mas de fato se sentia meio louca naquele momento. – Diga-me o que fazer. Diga-me como resolver seu assassinato. Diga-me como incriminá-lo.

Eu a encarei, desejando poder fazer um download de minha memória em um DVD e passá-lo para o oficial Quinlan. Mas não podia. Tudo o que podia fazer era observar e torcer para que minha irmã não acabasse como eu.

Depois que Emma se vestiu, abriu a porta do quarto e viu Laurel parada ali com a mão prestes a bater.

– *Aí* está você – disse ela. – Pronta para o café da manhã ou ainda está muito enjoada?

Emma encarou a irmã de Sutton com os olhos turvos. Por hábito, seus músculos se retesaram, e ela contraiu o maxilar, mas depois lembrou que Laurel não era mais suspeita, *mesmo*. De repente, quis abraçar a irmã adotiva simplesmente por não ter matado Sutton.

Mas então registrou a pergunta de Laurel. Café da manhã significava encarar o sr. Mercer.

– Ahn, ainda estou me sentindo muito mal – murmurou ela.

– Ah, qual é? – Laurel lhe deu o braço. – As famosas panquecas do papai vão curar você.

Antes que Emma conseguisse protestar, Laurel a arrastou escada abaixo até a cozinha. Quando viu as costas altas e retas do sr. Mercer ao fogão, despejando massa de panqueca em uma frigideira, Emma congelou. *Pai Assassino Faz o Papel de*

Homem de Família Amoroso, pensou ela, imaginando uma foto granulada em preto e branco do sr. Mercer segurando uma espátula e dando um sorriso maníaco para a câmera.

Também observei meu pai, desejando poder agarrá-lo e sacudi-lo com força.

Como você pôde?, gritei para suas costas. *Eu confiava em você! Eu amava você!* Mas, como sempre, minha voz se evaporava instantaneamente, como se eu estivesse gritando em um túnel de vácuo.

O sr. Mercer se virou e olhou para Emma. Os lábios dele tremeram de leve em um espasmo, como se o esforço de conter sua raiva na frente de Laurel fosse demais para ele.

– Ah. Sutton. Você acordou. – Ele coçou o nariz, constrangido. – Está se sentindo melhor?

Emma baixou os olhos, sentindo as bochechas queimarem.

– Aham – murmurou ela.

Laurel se deixou cair em sua cadeira habitual junto à mesa de café da manhã.

– Você perdeu a melhor parte da festa do papai, Sutton, o bolo. Estava ma-ra-vi-lho-so. Mas, enfim, parece que você está faltando a todo tipo de festa nos últimos tempos, incluindo a sua. – Ela revirou os olhos.

– Foi um caso sério de intoxicação alimentar – murmurou Emma, apertando a barriga para causar mais efeito. – Na verdade, acho que é melhor eu subir e deitar mais um pouco. Ainda estou me sentindo fraca.

– Bobagem. Um pouco de comida no estômago vai lhe fazer bem – disse uma voz rígida à esquerda de Emma. Ela olhou e viu a avó à mesa, com uma caneca de café diante de si. Seus olhos estavam frios, e ela olhou Emma de cima a baixo com os lábios contraídos. — Estranho, você não *parece* doente. — Seu olhar voltou-se para o sr. Mercer. — Parece?

O sr. Mercer se retraiu, largando a concha dentro da tigela de massa. O coração de Emma batia com tanta força que ela tinha certeza de que todos conseguiam ouvir.

— O que acha que causou a intoxicação? — perguntou Laurel, parecendo um pouco preocupada. — Espero não ficar doente também.

Emma mudou o peso de um pé para o outro, sem conseguir se lembrar de um único prato servido na festa.

— Ahn, talvez um cachorro-quente — soltou ela, pensando na vez que teve intoxicação alimentar por causa de um cachorro-quente que comprou em uma barraquinha de rua em Vegas.

A avó lançou a Emma um olhar penetrante.

— Hum. Achei a comida deliciosa. Tem certeza de que não foi outra coisa que... *irritou* seu estômago?

— Ela disse que foi a comida, mãe — disparou o sr. Mercer. — Deixe isso pra lá.

Os lábios enrugados da avó se contraíram em uma carranca, mas ela se calou.

Laurel voltava-se para um lado e para outro, olhando todos eles.

— Ahn, alguém pode me contar a piada?

Ninguém respondeu. Emma se encolheu contra a parede, desejando que a avó mantivesse a boca fechada. Ela estava brincando com fogo e não sabia nem metade da história.

Nesse momento, a sra. Mercer entrou na cozinha, toda alegre.

— Estão todos acordados! — gorjeou ela. — E vamos comer panquecas! Que ótimo! — Ela foi até o sr. Mercer, junto ao fogão. — E como está o aniversariante? Gostou da festa de ontem?

O sr. Mercer engoliu em seco e murmurou um sim pouco entusiasmado.

A sra. Mercer cutucou a lateral de seu corpo.

— É melhor ter ficado mais feliz que isso! Achei a festa um sucesso estrondoso! Não foi, Gloria?

Ela olhou para a avó, cujo olhar ainda estava fixo em Emma.

— Acho que teve seus bons e maus momentos — disse ela com voz tensa.

A sra. Mercer fez uma pausa e deslocou os olhos da avó para o marido e depois para Emma.

— Perdi alguma coisa? — perguntou ela, hesitante.

— É isso o que *eu* quero saber — disse Laurel. — Eles estão agindo de um jeito muito estranho.

— Estamos agindo normalmente — retrucou num instante o sr. Mercer, usando tanta força para colocar as panquecas em um prato que uma delas quase caiu no chão. Ele, então, colocou o prato sobre a mesa. — Voilà. Aproveitem.

A sra. Mercer estendeu a mão para pegar uma panqueca, voltando a exibir uma expressão alegre.

— Então, meninas, ontem à noite o sr. Banerjee me contou que o baile da escola foi cancelado por causa de um ato de vandalismo — disse a sra. Mercer. — O que aconteceu?

Laurel pegou a calda, que estava em um jarro de cerâmica listrado.

— Ah, foi só uma idiotice. Foram umas calouras, mas, como não confessaram, o baile foi cancelado. — Ela despejou a calda sobre sua pilha de panquecas. – Mas eu soube que na verdade foi porque os professores queriam usar o dinheiro reservado ao baile para irem a uma conferência em um spa em Sedona.

– Sério?! – exclamou a sra. Mercer, franzindo a testa. – Bem, vou tocar nesse assunto na próxima reunião de pais e professores.

Laurel comeu um pedaço grande de panqueca e o ajudou a descer com suco de laranja.

– Mas Sutton e eu vamos chegar tarde na noite em que seria o baile. O time de tênis terá uma reunião depois do treino.

Ela estava mentindo, claro. Mas o casal Mercer dificilmente deixaria as filhas invadirem o ginásio da escola para dar um baile.

– Vai ser divertido confraternizar com a equipe fora da quadra – gorjeou Laurel. – Não concorda, Sutton?

Emma levantou os olhos de seu prato de panquecas.

– Ahn, sim – murmurou ela. – Muito divertido.

– E a reunião foi ideia da Nisha – continuou Laurel, encarando Emma.

Os olhos da sra. Mercer se iluminaram. Ela colocava Nisha em um pedestal, como se ela fosse uma versão adolescente da Madre Teresa.

– Aquela garota está sempre pensando no que é melhor para a equipe – murmurou ela.

A avó encarou Emma.

– Assim como você, Sutton. Lembra-se do ano passado, quando fez aquelas camisetas da equipe? Seu pai contou que a frase era muito inteligente. Qual era mesmo?

Emma levantou o rosto e sentiu quatro pares de olhos sobre ela. A sra. Mercer, Laurel e a vovó pareciam apenas em dúvida, interessadas. Mas o olhar do sr. Mercer era frio e ameaçador. Ela praticamente conseguia ouvir seus pensamentos: *Continue fingindo. Mantenha a boca fechada.*

Emma se levantou abruptamente, quase derrubando o jarro de calda. Não conseguia mais aguentar nem um segundo daquilo.

— Ah, posso sair da mesa?

A sra. Mercer pareceu surpresa.

— Continua não se sentindo bem?

Emma balançou a cabeça, com o cuidado de não encarar ninguém.

A sra. Mercer soltou um estalo de preocupação.

— Ah, tadinha! — comentou, saindo da cozinha com Emma. — Posso fazer alguma coisa por você? Comprar um Ginger Ale? Levar alguns de seus DVDs favoritos lá para cima?

Emma olhou para a sra. Mercer. Seu rosto era tão bondoso, sincero e generoso. *Seu marido está traindo você*, Emma queria dizer. *E acho que ele matou sua filha.*

— Obrigada — murmurou ela, ficando na ponta dos pés e abraçando a mãe de Sutton. Quando se afastou, a sra. Mercer parecia surpresa, mas também emocionada.

A tristeza pesou em meu peito. Percebi o que eu tinha desejado na última noite de minha vida, quando estava perdida no cânion. Tudo o que eu queria era a segurança de minha mãe e de meu pai.

Mal sabia que meu pai era quem eu mais devia temer.

20

ONDE TUDO COMEÇOU

Na noite de domingo, Emma parou no estacionamento poeirento do Sabino Canyon. Quando desligou o motor, olhou para o Volvo de Sutton com nojo. Normalmente, o carro da irmã a acalmava; havia algo muito especial no cromo brilhante, no couro macio, até na força que ela precisava fazer no volante, já que a direção hidráulica ainda não tinha sido inventada quando o carro fora produzido. Mas nesse momento só conseguia pensar no sr. Mercer atrás do volante, usando-o para atropelar Thayer. A polícia limpou as impressões digitais do carro quando ele ficara no depósito na semana anterior. Na época, Emma não desconfiou quando Quinlan disse que as impressões no carro pertenciam a Sutton e a seu pai, mas agora ela sabia.

O estacionamento estava vazio e escuro, e a única luz vinha da meia-lua que brilhava no céu. Emma trancou o Volvo atrás dela e atravessou o cascalho até o banco onde tinha se sentado em sua primeira noite em Tucson. O mundo parecera cheio de promessas na época. Ela achava que ia conhecer a gêmea de quem nunca soubera e talvez, só talvez, tornar-se parte da família de Sutton. Como era irônico sua nova vida começar exatamente no mesmo lugar em que a da irmã terminara e ela só ter se tornado parte da família de Sutton porque o sr. Mercer matara a filha adotiva.

Durante todo o dia, o pai de Sutton continuou a agir de maneira severa com Emma, e a avó fez o mesmo. Os dois também estavam ríspidos um com o outro, deixando a família inteira desconfortável. Quando a avó foi embora, ela e o sr. Mercer mal estavam se falando. A avó deu um grande abraço em Emma antes de entrar no carro, apertando-a com força. Depois se aproximou e sussurrou:

— Não se meta em nenhuma confusão.

Emma não sabia o que pensar desse aviso. Será que a avó *sabia* o que o filho tinha feito com Sutton? Mas aquilo parecia inconcebível. A avó podia ser dura e ríspida como um cacto, mas não era cúmplice de assassinato.

Emma não parava de imaginar o sr. Mercer atropelando Thayer com o carro de Sutton, depois o abandonando para a polícia achar. Será que tinha se desfeito dele antes ou depois de matar a filha? Como tinha matado Sutton? E onde escondera o corpo?

Eu me perguntava as mesmas coisas e quebrava a cabeça para encontrar pistas de que meu pai estava tendo um caso. Alguma vez eu o vira sair de fininho, agir de forma estranha? Tinha uma vaga lembrança de que não éramos mais tão próximos... será que era por isso? Talvez eu tivesse sentido que havia algo estranho antes de Thayer e eu esbarrarmos com meu pai e a mulher no Sabino Canyon. Talvez tivesse até confrontado meu pai e depois mantido distância. Mas, por mais frustrante que fosse, não consegui acessar uma lembrança específica.

Passos ressoaram em direção ao banco, mas Emma não se assustou. Ela havia mandado uma mensagem de texto a Ethan enquanto ia para lá, perguntando se podia encontrá-lo. A casa dele e a de Nisha ficavam a apenas alguns quarteirões de distância. Ele se sentou ao lado dela, pegou sua mão e virou o rosto para o céu.

– Como você está? – perguntou ele em tom suave.

– Não muito bem – admitiu Emma.

– Parece estar exausta. – Ethan fechou os olhos. – Imagino que não tenha dormido nada.

Emma balançou a cabeça.

– Como posso dormir? Ele está bem no final do corredor. Acho que tentou entrar no meu quarto ontem à noite – disse ela, mexendo no punho de sua jaqueta.

O queixo de Ethan caiu.

– Mas não entrou?

– Não. Drake o impediu.

Por algum tempo, eles ficaram em silêncio. Um vento forte varria o cânion, erguendo o cabelo de Emma dos ombros. Ela olhou para a miríade de trilhas que subia pela cordilheira de montanhas. Era linda durante o dia, mas àquela hora parecia uma massa disforme, pronta para engolir quem se atrevesse a subir por ela.

– Não acredito que tudo aconteceu aqui. Não acredito que o sr. Mercer atropelou Thayer, depois foi atrás da filha *exatamente aqui* – sussurrou Emma, olhando em volta com cuidado, como se o sr. Mercer pudesse pular sobre eles a qualquer momento. Mas, com exceção de um papa-léguas que atravessava o estacionamento, eles estavam sozinhos. – Preciso de provas substanciais. Mas... como?

Ethan engoliu em seco, parecendo enjoado.

– Tem que haver alguma evidência em algum lugar – disse ele. – A pesquisa que ele fez antes de entrar em contato com você. Ou talvez outra pessoa saiba o que ele fez, como essa mulher com quem ele está tendo um caso. Talvez tenha escrito um e-mail incriminador. Ou planeje ver essa mulher novamente, então poderíamos segui-los.

Emma assentiu.

– Ela estava aqui naquela noite no cânion. E se tiver ajudado a encobrir o crime? Se eu conseguisse descobrir quem é a mulher, talvez conseguisse fazê-la confirmar a história. – Ela franziu a testa. – Mas como descubro essas coisas?

Ethan pensou por um instante.

– Seu pai usa o Gmail?

Emma deu de ombros.

– Acho que sim.

– Ele pode ter um calendário lá. – Ethan pediu o telefone de Sutton, logou em seu e-mail e depois olhou os calendários compartilhados que ela tinha com o restante da família Mercer. – Aqui – disse ele, mostrando-lhe a tela. – Seu pai compartilha o horário de trabalho com você e sua mãe. Parece que não vai estar no consultório na quinta-feira por causa de uma conferência.

– E daí? – perguntou Emma, observando a tela. – Pode ser que ele realmente vá a uma conferência, e não se encontrar com uma mulher.

— É, mas de um jeito ou de outro ele *não* vai estar no consultório. É uma oportunidade perfeita para *você* entrar às escondidas. Não acha que ele guardaria esse tipo de informação em casa, acha?

Emma fez uma pausa. Nunca tinha pensado nisso.

— Acho que quando alguém tem um caso quer escondê-lo, não é? — murmurou ela. — Você vai comigo? — A ideia de invadir o consultório do sr. Mercer a apavorava.

Ethan devolveu o telefone a Emma, parecendo aflito.

— Não posso. Tenho que levar minha mãe a outra consulta médica nessa tarde.

Emma mordeu o lábio, sem querer reclamar.

— Ok, mas posso ligar para você depois?

Ethan apertou sua mão.

— É claro.

— Queria que fosse antes. Não sei como vou aguentar até quinta — disse Emma com a voz baixa.

— Você vai conseguir, Emma. Está muito perto.

Emma fechou os olhos.

— Depois que minha mãe foi embora, todas as noites eu desejava que ela voltasse para me buscar. Ela adorava caças ao tesouro — contou Emma, lembrando-se dos bilhetinhos que Becky deixava sob seu travesseiro ou na bandeja de ovos da geladeira. — Achava que, se conseguisse desvendar as pistas, a reencontraria. Iríamos para nossa casa, compraríamos um golden retriever e seríamos uma família de verdade. Mas já morei com dezenas de famílias, e nenhuma delas parecia ser feliz.

Uma nuvem encobriu a lua, mergulhando-os por um instante em completa escuridão.

— Minha família certamente não é feliz — murmurou Ethan. — Mas não acho que tenha que ser assim. Em algum ponto, você precisa escolher com quem está. — Ele pigarreou, constrangido. — Como nós, que estamos escolhendo ficar juntos.

Apesar do estresse e da exaustão, Emma não conseguiu evitar um sorriso.

— Vamos escolher ficar juntos, aqui, por mais um tempinho. Ainda não estou pronta para ir para casa.

Ethan se recostou ao banco e colocou o braço ao redor do ombro dela, acomodando-se.

— Podemos ficar aqui pelo tempo que você quiser.

Horas depois, Emma estava deitada na cama, olhando de vez em quando para a cômoda de Sutton, outra vez encostada contra a porta. Para ficar calma, ela começou uma lista de *Algumas Coisas Fofas que Quero Fazer com Ethan*, que incluía montar playlists um para o outro no iPod com músicas significativas e elaborar uma lista de *Coisas Mais Românticas que Ethan já me Disse*, que destacava a declaração dele de que a protegeria do assassino de Sutton a todo custo.

— Saia para brincar — cantou uma voz de repente.

Emma se sentou num instante na cama, olhando desesperadamente ao redor.

— Saia... — cantarolou a voz mais uma vez. Mas não era o sr. Mercer. E também não estava vindo do corredor. Emma foi até a janela de Sutton e abriu a cortina. Ali, no gramado da frente, parada sob o grande carvalho, estava uma mulher com cabelo escuro e sujo e um rosto redondo. O queixo de Emma caiu. Era sua mãe, Becky.

Ela estava muito mais pálida do que Emma se lembrava, com uma pele branca como a de um fantasma contra o céu noturno. Braceletes puídos de corda cobriam ambos os pulsos de Becky. Sua calça jeans gasta estava com a bainha enrolada, expondo seus pés longos e finos. A camiseta vermelha desbotada envolvia seus ombros magros e alargava-se na barriga. As palavras impressas nela eram indistintas, mas a camiseta era dolorosamente familiar. Emma sabia que já a vira antes.

E eu também. Não conseguia saber de onde, mas conhecia a camiseta como se fosse minha. Será que a vira em um dos sonhos de Emma?

— Mãe? — chamou Emma.

Ela se inclinou para a frente e estreitou os olhos, tentando ter uma visão melhor da mãe, mas Becky manteve o olhar fixo na terra molhada. Emma mal conseguia distinguir seu rosto na escuridão.

— Espere aí, mãe. Estou indo! — disse Emma. Então saiu pela janela de Sutton, segurou-se em um galho da árvore e pulou para ao chão. A água da chuva encharcou seus pés e tornozelos, umedecendo a camisola. Assim que Becky a viu, deu um passo para trás, como um animal assustado.

— Não, mãe, *espere* — gritou Emma, atravessando o denso ar noturno. — Quero conversar com você.

— Não quero conversar. Quero brincar — disse Becky com uma voz infantil.

— Por favor? — disse Emma, estendendo a mão. — Preciso de sua ajuda. Preciso entender tudo isso.

Becky levantou os olhos para encontrar os de Emma. Seus olhos eram de um azul gélido e fantasmagórico.

— Sinto muito — disse ela. — Por tudo o que fiz. Por decepcionar você. — Ela tirou dos olhos uma mecha de cabelos escuros, deixando uma marca de lama semelhante à pintura de guerra sobre a testa. — Por deixar você.

Emma estendeu os braços.

— Por favor, me abrace — implorou ela.

Mas Becky limitou-se a dar um passo para trás.

— Estou observando você. Observei você o tempo todo, Sutton.

Emma ficou perplexa.

— Não sou a Sutton.

Becky inclinou o queixo como se não acreditasse no que Emma lhe dissera.

— Do que está falando?

Emma tentou apoiar as mãos nos braços de Becky, mas estavam escorregadios demais, como se uma substância viscosa e gelada cobrisse sua pele.

— Eu sou a Emma — disse ela. — Não se lembra?

Becky balançou a cabeça com veemência.

— Você está na casa da *Sutton* — disse ela, afastando-se mais de Emma. — Você tem que ser a Sutton!

De repente, ela parecia furiosa. Deu um passo à frente e tentou pegar os pulsos de Emma, sem sucesso.

— Diga-me a verdade! Diga-me quem você é! — Ela atacou novamente, desta vez cortando a pele de Emma com as unhas longas. Mas, assim que tocou Emma, Becky se desintegrou em uma pilha de cinzas. Alguém riu a distância. Parecia a risada gutural e grave do sr. Mercer.

Emma acordou sobressaltada, encharcando o pijama de Sutton com suor frio. Ela estava de volta à cama, longe da janela. Os números brilhantes do relógio de Sutton marcavam 2h03. Ela se enrolou nas cobertas e tentou recuperar o fôlego. Esfregou os olhos várias vezes, mas não conseguiu livrar sua mente das imagens do sonho. Becky parecia tão próxima, como se estivesse rondando a casa dos Mercer à espera de um relance da filha.

Era o mesmo desejo que sempre tivera: que a mãe a observasse e se interessasse por sua vida, sobretudo durante momentos de estresse. Mas era uma tolice. Becky não dava importância a suas gêmeas. Ela era irresponsável, egoísta e caprichosa. Tinha abandonado as duas meninas sem olhar para trás.

Agora uma de suas filhas estava morta. E a outra morava com o assassino.

21

MENTES ERRANTES

– Ok, enorme progresso para nossa festa de sexta! – vibrou Charlotte quando se jogou em uma cadeira ao lado da de Emma na biblioteca, na tarde de segunda. – Falei com o cara da Plush, e ele pode ser nosso leão de chácara. Fiz um ótimo negócio para encomendar os aperitivos ao bufê que minha mãe costuma contratar. Não é maravilhoso?

Emma tentou sorrir, embora estivesse surpresa com a altura da voz de Charlotte. Não que o bibliotecário, um universitário com enormes fones de ouvido, se importasse. As mesas de estudo do Hollier, como Emma já percebera, envolviam pouco estudo. Até os alunos que estavam lendo tinham nas mãos exemplares velhos da *Vogue* e da *Sports Illustrated*.

– Também resolvi muita coisa! – exclamou Gabby, puxando uma cadeira. – Lili e eu mandamos os convites no final de semana, e todo mundo está adorando. Algumas pessoas pareceram um pouco nervosas, já que vai ser na escola, mas eu soube por fonte segura que Ambrose e todos os administradores vão estar em Sedona para aquela conferência.

— Estamos totalmente a salvo — afirmou Lili. — E mandamos todo mundo estacionar longe para não atrair atenção com os carros.

Charlotte sorriu para Emma.

— Nosso próprio baile, patrocinado pelo Jogo da Mentira!

— Humm — respondeu Emma de um jeito vago. Ela estendeu a mão para pegar o telefone de Sutton na bolsa, mas, sem querer, virou todo o seu conteúdo no chão. Livros caíram sobre o carpete. Sua garrafa d'água rolou para baixo de uma mesa. Imediatamente, duas garotas se levantaram e pegaram seus livros. Um garoto que ela não reconhecia recolheu sua garrafa e a maquiagem de Sutton. Tudo foi devolvido em ordem para a bolsa sem que Emma tivesse que mover um músculo.

— Típico — disse Gabby, revirando os olhos. — Voltamos ao topo agora que todo mundo sabe do baile secreto e quer um convite.

— Alguma coisa está distraindo você, Sutton? — perguntou Charlotte com uma expressão preocupada.

— Claro que não — respondeu Emma às pressas, embora soubesse que parecia mentira. Ela passara o dia pensando no sr. Mercer, revirando o caso em sua cabeça.

— Então, convidamos as pessoas de sempre, além de vários garotos do jornal, do conselho estudantil, do clube de moda, da equipe de remo e do anuário — contou Gabby, alisando sua saia xadrez plissada. — Lili mandou convites para o pessoal do terceiro e do segundo anos e para alguns calouros. Estamos tentando manter o evento exclusivo para não sermos pegas. Mas as Quatro Cafajestes vão ficar furiosas... obviamente, elas não estavam na lista.

– Mas vai ser fácil entrarem de penetras, não é? – perguntou Charlotte.

– Aham. – Lili digitava em seu telefone. – E aí vamos pegá-las.

Charlotte olhou para Emma.

– Como Ethan está se saindo com aquela filmagem? Adorei sua ideia de projetá-la na parede do ginásio.

– Acho que está bem perto – disse Emma. Na verdade, ela não sabia como Ethan estava se saindo com o vídeo. O assunto não ocupava sua lista de prioridades. Eles passaram o restante da noite anterior em silêncio, olhando as estrelas de mãos dadas até Emma ter que voltar se arrastando para a casa dos Mercer.

Emma balançou a cabeça. Sem dúvida o sr. Mercer era um bom ator. Tinha agido como alguém que não fazia ideia de onde estava o carro de Sutton, concordando quando Emma disse que estava na casa de Madeline. Fingira perfeitamente ser o pai amoroso, embora por vezes constrangido. Seria possível que estivesse acostumado a mentir, encobrindo seus segredos? Será que tinha um passado criminoso?

Ela pensou no que a avó dissera sobre o sr. Mercer ter morado na Califórnia antes de mudar-se de uma hora para outra para Tucson, pouco depois de terem adotado Sutton. Talvez ele tivesse ficha criminal lá. Afinal de contas, as pessoas não se tornam assassinas do nada. Esperar até quinta-feira para vasculhar o escritório do sr. Mercer era muito. Talvez, se pesquisasse o passado do sr. Mercer, descobrisse algum incidente prévio que a ajudaria a provar que ele tinha um traço violento.

Um traço violento. Eu não conseguia aguentar aquilo. Será que já tinha visto meu pai ser violento antes daquela noite? Se pelo menos eu conseguisse me *lembrar...*

– Terra para Sutton – disse Gabby, balançando a mão diante do rosto de Emma. – Ouviu o que eu disse?

Quando Emma levantou o rosto, Gabby, Lili e Charlotte a encaravam de um jeito esquisito. Ela se perguntou quanto tempo passou sem prestar atenção. Então, jogou uma mecha de cabelo para trás do ombro e se endireitou.

– Ahn, totalmente – improvisou ela.

O sinal as sobressaltou. Todas se levantaram das cadeiras e foram até a porta, conversando animadamente, pois era o último período do dia. Ônibus esperavam no meio-fio do lado de fora. Uma fila de carros já começava a se formar na saída.

Madeline estava de casaco esperando no corredor. Charlotte lhes contou rapidamente o plano de irem com roupas combinando.

Os olhos de Madeline se iluminaram.

– Ah, compras! Querem ir amanhã quando terminarem o treino?

Todas assentiram. Charlotte virou-se para Emma.

– Vou contar para Laurel no treino.

Madeline fez uma careta.

– Não sei se devíamos incluí-la. Ela parece estar ocupada demais saindo com meu irmão para nos ajudar a planejar. Acho que alguém precisa que seus privilégios do Jogo da Mentira sejam revogados.

— Isso é meio drástico, Mads — comentou Charlotte em tom tranquilizador. Ela mudou o peso de um pé para o outro. — Não é, Sutton?

Emma assentiu depressa. Agora que Laurel não era suspeita, ela via a situação como era: uma garota apaixonada pelo lindo melhor amigo. Laurel queria passar o máximo de tempo possível com Thayer para conquistá-lo ou, talvez, para mantê-lo longe da irmã mais velha.

Madeline deu de ombros, depois se virou e saiu andando na direção oposta. Lili e Gabby a seguiram, ainda digitando no celular. Charlotte tocou o braço de Emma e guiou-a na outra direção pelo corredor.

— Tem alguma coisa incomodando você? — perguntou ela com a voz suave.

Emma desamarrou o cabelo longo, deixando-o descer pelos ombros.

— Estou bem — respondeu ela. — Só ando meio estressada nos últimos tempos. — Mesmo que não pudesse contar a Charlotte o que havia de errado, era bom admitir que estava com problemas.

— Posso perguntar uma coisa? — disse Charlotte quando contornaram um grupo de garotas que olhava algo nos celulares. Emma entreouviu as palavras *convite* e *baile secreto*. — Você não teve mesmo uma intoxicação alimentar na festa do seu pai, não é?

Emma levantou o rosto rapidamente. Ela abriu a boca, mas não saiu som algum.

— Soube que viram você fora da festa com Thayer — contou Charlotte discretamente.

As bochechas de Emma ficaram quentes quando ela começou a subir as escadas.

— Disseram que vocês estavam de mãos dadas — continuou Charlotte. — E que você parecia triste.

Emma olhou de lado.

— Quem disse isso?

Charlotte parou no topo da escada, esperando os alunos passarem. Ela baixou os olhos.

— Na verdade, fui eu... eu vi vocês. Mas estou preocupada. Está tudo bem? Do que vocês estavam falando?

Emma olhou para Charlotte. Por apenas uma fração de segundo, ela considerou contar tudo. Mas como? *Para dizer a verdade, Char, eu não sou Sutton, mas a irmã gêmea dela. Acho que ela foi morta pelo pai e que ele está me forçando a fazer o papel dela até conseguir me matar também. E, ah, sim, acho que ele atropelou o Thayer com o carro da Sutton. Nada de mais.*

— Só estávamos falando dos velhos tempos — disse ela, tensa.

— Estão pensando em voltar a namorar? E o Ethan?

— Ethan e eu estamos bem — disse Emma. — Como falei, estávamos apenas discutindo algo que aconteceu há muito tempo. Não é nada de mais, juro. Pare de se preocupar, ok?

— É que você tem agido estranho ultimamente — protestou Charlotte. — É como se aliens tivessem aparecido e trocado a Sutton que achei que conhecia por outra pessoa.

Emma a encarou. Era assustador ver como Charlotte tinha chegado perto da verdade. Mas ela respirou fundo, passou os braços ao redor dos ombros de Charlotte e a abraçou com força.

— Garanto que não fui abduzida por aliens — disse ela. — Agora vamos para o treino e esquecer tudo isso.

— Se é o que você diz... — comentou Charlotte, parecendo um pouco mais relaxada.

Então elas saíram pela porta, tomando um atalho para os vestiários. Na metade do caminho, Charlotte parou e disse que tinha esquecido o livro de cálculo no armário e precisava voltar.

— Já, já alcanço você — disse ela, virando-se.

Emma continuou andando em direção ao vestiário com a cabeça confusa. Os ônibus soltavam fumaça. Alguém buzinou na rua. Para chegar aos vestiários, ela tinha que passar por um estacionamento secundário, que em geral era tranquilo àquela hora, reservado apenas a professores e membros do corpo docente, mas naquele dia algo lhe chamou a atenção. Alguém estava parado ao lado de um SUV preto, encarando-a. Quando percebeu quem era, ela parou, com o sangue gelado.

Era meu pai. E ele estava olhando para Emma do mesmo jeito que me olhara na noite em que morri.

22

COOPERE

Finja que não o viu, pensou Emma imediatamente. Ela baixou a cabeça e continuou arrastando os pés na direção do vestiário, com o coração batendo forte. Mas então ouviu o som metálico de uma porta de carro batendo.

— Sutton! — chamou o sr. Mercer.

Emma parou e olhou para ele.

— Ah, oi, pai! — disse ela em tom alegre, como se só então o tivesse visto.

O sr. Mercer não parecia alegre. Ele contornou o carro e abriu a porta do carona.

— Entre.

Os dedos de Emma tremiam.

— Obrigada, mas vim dirigindo — disse ela, mostrando a chave do carro e tentando manter a voz normal. — Posso ir para casa sozinha. E, de qualquer forma, tenho treino de tênis agora.

— Entre. No. Carro — disse o sr. Mercer com a voz grave. Então, parecendo se dar conta de que estava no estacionamento da escola, seus lábios formaram um sorrisinho, provavelmente por medo de que alguém os estivesse observando. — Precisamos conversar, ok? — acrescentou ele em tom mais gentil.

A cena toda parecia terrivelmente familiar. *Não faça isso, Emma*, pedi.

Emma não saiu do quadrado da calçada em que estava. Ela olhou em volta, torcendo e rezando para alguém aparecer e ver aquilo. Por incrível que parecesse, não havia ninguém. Ela queria enfiar a mão no bolso e mandar uma mensagem de texto a Charlotte pedindo ajuda, mas o sr. Mercer veria. E, afinal, o que Charlotte diria quando chegasse ali?

— Sutton — disse o sr. Mercer em tom de advertência.

Sem saber o que fazer, Emma foi até o carro e entrou. O SUV estava gelado, com o ar-condicionado no máximo. O metal frio da fivela do cinto de segurança parecia gelo contra sua coxa.

O pai de Sutton fechou a porta e apoiou as mãos sobre o volante. Ele tamborilou os dedos no couro grosso, aparentemente pensando no que dizer. Emma se encolheu no banco e se concentrou no esmalte bege descascado de suas unhas, tentando permanecer calma. *Estamos em um lugar público*, disse a si mesma. *Ele não pode fazer nada com você aqui.*

É, até saírem com o carro, pensei. *E depois? O que vai acontecer?*

Por fim, o sr. Mercer soltou um suspiro e olhou para ela.

— Você e eu já precisávamos conversar há muito tempo. – Suas palavras saíam devagar, como se ele estivesse medindo cada uma delas. – Não vejo por que não sermos sinceros. – O sr. Mercer respirou fundo. – Aquela noite no cânion mudou a vida de todos nós. Não planejei que acontecesse daquele jeito... – Sua voz falhou. – Mas estava fazendo aquilo por você. – Sua expressão era suplicante. – Achei que ia melhorar as coisas. Achei que fosse o que você queria.

O ar do carro pareceu despencar mais dez graus. O queixo de Emma quase caiu. Será que ele estava falando da vida dela em Nevada, como filha temporária? Estaria insinuando que tinha matado sua irmã gêmea para resgatá-la do sistema de adoção?

Meu Deus. O horror que eu sentira antes se multiplicava exponencialmente. Será que meu pai era mesmo insano? Será que me odiava *tanto*?

A raiva queimava o peito de Emma.

— Como pôde pensar que melhoraria as coisas? – guinchou ela. Seus dedos se fecharam ao redor da maçaneta.

Mas o sr. Mercer agarrou seu braço antes que ela conseguisse sair. Quando Emma se virou, os olhos dele ardiam outra vez.

— Olhe. Temos algo bom. Não acha? Quer mesmo arruinar tudo? Para sua mãe, para você?

Emma o encarou, mas não disse uma palavra.

— Achei que não – disse o sr. Mercer. Ele colocou as mãos nos ombros de Emma, pressionando-a contra o banco. – Continue cooperando. Vai ficar tudo bem.

Emma estava com medo demais até para respirar. As palavras dele eram as mesmas usadas no primeiro bilhete que o assassino deixara para ela. *Sutton está morta. Não conte a ninguém. Continue cooperando... ou você será a próxima.*

Ele tinha confirmado tudo de que ela suspeitava. De repente, a ira a percorreu. Ele tinha feito aquilo com Sutton... com ela. Ele a tinha levado até ali para encobrir seu crime abominável. Depois a ameaçara várias vezes para mantê-la em silêncio. E tudo por... quê? Por uma mulher? Para manter as aparências familiares?

Meu choque, minha tristeza e meu horror também se transformaram em fúria. Meu próprio pai tinha me matado. Não havia dúvida nem motivo. Pais deveriam *amar*, não matar. Deveriam proteger os filhos, não os jogar fora como se fossem jeans boca de sino ultrapassado. Eu não era *dispensável*. Não era um *nada*.

Emma se virou e segurou outra vez a maçaneta. Por sorte, a porta não estava trancada, e ela foi rápida demais para o sr. Mercer. De repente, estava no meio-fio e saiu correndo pelo estacionamento.

– Sutton! – urrou o sr. Mercer. Mas Emma continuou em frente.

Ela nunca se sentira tão aliviada por chegar ao vestiário feminino; o sr. Mercer não podia segui-la até ali. Foi direto para o banheiro e trancou a cabine.

– Meu Deus – sussurrou ela entre as mãos. O que devia fazer? Como ia enganar o sr. Mercer e conseguir as evidências de que precisava sem que ele a matasse? Quando tempo ainda lhe restava?

Eu também não sabia as respostas. E ainda estava presa ao que meu pai acabara de dizer. Suas palavras se repetiam sem parar em minha mente como um disco arranhado. *Continue cooperando*. Como se fosse um *jogo*.

Pousei meus dedos sobre Emma como só fizera uma vez antes, na noite em que ela ficou presa na caverna com Lili e ambas achamos que tudo estava terminado. Naquela vez, eu a estava confortando, mas agora era diferente.

Desta vez, era eu que precisava de minha irmã.

23

O TABU DA CASCAVEL

Na terça-feira, depois do treino, Emma parou no estacionamento do La Encantada, o shopping de luxo que ficava nas colinas de Tucson. Ela colocou o carro em ponto morto no instante em que seu telefone vibrou em seu colo.

ACHOU ALGUMA COISA NO GOOGLE SOBRE O SR. MERCER?, perguntou Ethan.

NÃO, NADA. O NOME DELE É COMUM DEMAIS, digitou Emma em resposta.

HUM, VOU TENTAR PROCURAR TAMBÉM, disse Ethan.

OBRIGADA. VOCÊ É DEMAIS, respondeu Emma.

Ela estava péssima depois da conversa com o sr. Mercer, mas por sorte ele só tinha voltado do hospital quase meia-noite. Além de procurar o casal Mercer no Google, ela vasculhou o escritório para ver se havia algo ali sobre o passado deles.

Mas, além de alguns documentos velhos do imposto de renda, não havia evidência alguma de sua vida na Califórnia.

– Ahn, *alô*? – O rosto de Laurel apareceu na janela. Ela tinha ido sozinha, mas Emma a seguira até o estacionamento. – O que você está fazendo, zumbi?

Emma se sobressaltou, enfiou o telefone de Sutton na bolsa e tirou a chave da ignição. Quando saiu, Laurel já andava com impaciência em direção às lojas.

– Já passa das seis horas – gritou ela por cima do ombro. – Quer apostar quanto que Gabby e Lili já encontraram todos os melhores vestidos?

– Elas não podem usar todos os vestidos maravilhosos desse shopping na festa – observou Emma. O plano era visitar a Anthropologie, a BCBG, a J. Crew e várias outras lojas.

Laurel subiu na escada rolante e segurou o corrimão com força.

– Então, animada para a festa? – perguntou Emma.

– Aham – disse Laurel em tom tenso.

– Ansiosa para colocar a culpa nas Quatro Cafajestes?

Laurel grunhiu e desviou os olhos.

Emma suspirou alto. Ela já tinha problemas demais para ter que lidar com o humor instável de Laurel.

– Ok, Laurel. O que eu fiz dessa vez?

Laurel se virou e ficou de costas na escada rolante, apoiando as mãos no corrimão.

– Tudo bem – disparou ela. – O papai disse que você estava bisbilhotando o meu quarto. *De novo*.

Emma se surpreendeu, mal se lembrando de ter revistado o quarto de Laurel. Agora que a irmã adotiva de Sutton não era suspeita, parecia que a mente de Emma apagara toda a investigação relacionada a ela.

Laurel contraiu a boca.

– Estava procurando cartas de amor de Thayer? Bem, tenho uma surpresa para você, Sutton. Algo que a deixará muito feliz. – Ela jogou uma mecha de cabelo louro-mel para trás do ombro. – Thayer não gosta de mim desse jeito. – Sua voz tremeu levemente.

– Ah, Laurel, sinto muito – disse Emma com a voz suave, descendo da escada rolante. Estendeu a mão para tocar o braço de Laurel, mas ela se desvencilhou.

– Ontem à noite ele me disse que ainda gosta de *você* – contou Laurel em voz baixa, como se fosse doloroso falar aquilo. – Simplesmente não entendo. Se ainda gostam um do outro, por que terminaram?

Emma ficou perplexa. Dois grupos de compradores passaram antes que ela conseguisse falar.

– Não gosto dele, Laurel. Juro.

Laurel revirou os olhos.

– Ah, sei. Soube que vocês dois tiveram um encontro secreto na festa do papai.

Um músculo do maxilar de Emma se retesou.

– Charlotte contou a você?

Os olhos de Laurel se arregalaram.

– Então *é* verdade?

Emma suspirou. O cheiro de carne da steak house no final do corredor estava começando a deixá-la com dor de cabeça.

– É verdade, mas não é o que você está pensando. Só estávamos conversando. Não há mais nada entre nós. Eu gosto muito mesmo do Ethan. – Emma colocou a mão no braço de Laurel. – Olhe, sinto muito pelo Thayer. E desculpe por entrar no seu quarto sem pedir – disse ela. – Prometo que não vou mais fazer isso. Só estava procurando aquelas sandálias de couro vermelho que você pegou emprestadas para o Baile de Boas-Vindas. Estava pensando em usá-las na festa do papai.

Laurel olhou para ela.

– Com aquele vestido verde? Está brincando?

– Achei que ia chamar a atenção. – Emma sorriu.

– É, você teria ficado igual a uma árvore de Natal – disse Laurel, rindo, e, sem mais nem menos, a tensão acabou.

Quando foram em direção à BCBG, onde as garotas iam se encontrar primeiro, Emma percebeu que precisava esclarecer uma coisa. Ela olhou para Laurel.

– Então, que raquete de tênis nojenta é aquela debaixo da sua poltrona?

Laurel se sobressaltou, parecendo não saber do que Emma estava falando. Então, uma luz apareceu em seus olhos.

– Ah, meu Deus. Eu tinha me esquecido completamente daquilo. Eu a usei para matar uma cascavel no quintal na semana passada. Foi horrível.

– Eca! – exclamou Emma, aliviada por ter tirado Laurel da lista de suspeitos de uma vez por todas.

Então Laurel suspirou.

– E, para dizer a verdade, foi péssimo da parte do papai dedurar você.

Emma engoliu em seco. Era perigoso envolver Laurel, mas ela conhecia o sr. Mercer melhor do que ninguém. Talvez tivesse notado alguma coisa.

– É. Ele está agindo de um jeito estranho nos últimos tempos, não acha? – sugeriu ela.

– Talvez um pouco – concordou Laurel com a testa franzida. – Mas acho que é só porque não gosta do Thayer.

Antes que Emma pudesse pressionar por mais informações, o telefone de Laurel tocou no volume máximo uma música da Rihanna, assustando algumas pessoas ao redor. Ela tentou pegar o telefone dentro da bolsa de couro de crocodilo e apertou o botão de atender.

– Oi, pai – cantarolou ela.

– Oi, querida – disse o sr. Mercer. Sua voz ecoou pelas paredes do shopping. Os braços de Emma ficaram arrepiados.

– Eu e Sutton estamos aqui – contou Laurel. – Como estão as coisas?

– Sutton também está aí? – De repente, a voz do sr. Mercer ficou cautelosa. – Ah.

Emma contraiu os dedos dos pés dentro das sandálias anabela de Sutton.

– Ahn, a que horas vocês vão chegar em casa hoje? – perguntou o sr. Mercer.

Laurel olhou para Emma e deu de ombros.

– Estamos fazendo compras. Acho que vou para casa depois. Mas não sei o que Sutton vai fazer.

Parecia que a garganta de Emma ia se fechar.

– Na verdade, não vou para casa – disse ela, tomando uma decisão rápida. – Vou dormir na casa da Charlotte. Por favor, avise à mamãe. – Sem dúvida Charlotte concordaria, e o único jeito de Emma se sentir segura era estar em qualquer lugar, menos na casa de Sutton.

– Tudo bem. – A voz do sr. Mercer foi séria. – Diga ao sr. Chamberlain que mandei um olá. E lembre-se de nossa conversa, está bem, Sutton?

Laurel lançou um olhar questionador a Emma, mas ela se aproximou, pegou o telefone de Laurel e desligou antes que algo mais pudesse ser dito. Então recompôs sua expressão, tentando agir como se aquele fosse apenas mais um dos humorezinhos irritantes de Sutton Mercer. Laurel se limitou a encará-la com o queixo caído.

– Uau – disse Laurel enfim. – O que você fez desta vez para chatear o papai?

Você nem imagina, pensei.

– E de que conversa ele estava falando? Ele pegou você com Thayer na festa?

– Não – retrucou Emma em tom tenso quando viu a BCBG.

Por sorte, as Gêmeas do Twitter estavam paradas diante da vitrine da loja, implicando com os manequins.

– Quem usaria esses cintos horrendos como acessório? – comentou Gabby sobre o da direita.

Lili torceu o nariz para outro, que segurava uma imensa bolsa de quilt.

– E por que fazem os manequins tão bizarramente magros?

– Senhoritas – disse Laurel.

As Gêmeas do Twitter se viraram e abriram grandes sorrisos para Laurel e Emma.

– Faltam três dias para o baile secreto! – gorjeou Gabby.

– Esperem até Mads contar o que aconteceu – disse Lili, mascando chiclete.

Como se tivessem ouvido a deixa, Madeline e Charlotte apareceram nas escadas rolantes. As garotas se aproximaram, e todas se cumprimentaram com beijinhos no ar.

Gabby cutucou Madeline.

– Por favor, conte a elas sobre seu confronto com as Quatro Cafajestes.

Madeline revirou os olhos.

– Você não devia chamá-las assim. O apelido lhes dá crédito demais. Enfim, aquelas garotas idiotas me encurralaram na escola hoje e imploraram para serem convidadas para a festa. – Ela enfiou uma mecha de cabelo nanquim preto atrás da orelha e cruzou os braços.

– E? – disse Laurel, entusiasmada. – Você negou, não é?

– Claro que neguei – confirmou Madeline. – Mas vocês deveriam ter visto. Elas praticamente se ajoelharam e imploraram.

– Meu Deus. Isso significa que com certeza vão tentar entrar de penetras – disse Charlotte, resoluta. – E, assim que Ethan conseguir aquela filmagem, vão ser as estrelas do próprio filme.

– Mal posso esperar para ver a cara delas – comentou Gabby. – A filmagem foi uma grande ideia, Sutton.

Emma sorriu. Pelo menos daquela vez, estava orgulhosa de uma ideia do Jogo da Mentira. Não era particularmente cruel, apenas justa. E ela também gostava de poder envolver Ethan.

– Ninguém mexe com a gente, não é? – disse Lili. Ela cutucou Emma.

– É. – Emma concordou, forçando um sorriso.

Mas nós duas sabíamos que não era verdade. Alguém tinha feito muito pior do que mexer com a gente. Alguém tinha me matado, e minhas amigas não faziam ideia.

24

MANO A MANO

Quando o sinal do almoço tocou na quarta-feira, Emma abriu o armário de Sutton. Desde que assumira a vida da irmã, tinha rearranjado algumas coisas e trocado o espelhinho por uma foto do Johnny Depp, sua eterna paixão, e o ímã sarcástico que dizia EU SOU A RAINHA DO MUNDO E VOCÊ É MEU SERVO por um ímã do Stewie de *Uma família da pesada*. Sutton podia até ser a abelha-rainha, mas ela não precisava anunciar isso para a escola inteira por meio de seu armário.

Quando Emma pegou um casaco, o telefone vibrou na bolsa. Seu coração quase parou quando o pegou e viu que era o sr. Mercer. Ela deixou a chamada cair na caixa postal, e um instante depois recebeu um alerta de correio de voz. Com os dedos trêmulos, apertou OUVIR.

"Laurel disse que você não vai voltar para casa outra vez. Vou aliviar sua barra só mais uma noite", vociferou ele no ouvido dela. "Mas se não voltar amanhã..." Sua voz falhou, e a mensagem acabou com um clique.

Emma olhou para o telefone. Quase desejou que ele tivesse feito a ameaça de forma direta para ela poder levá-la à polícia. Mas ele era inteligente demais para isso. Pelo menos ela não precisava lidar com ele naquela noite. Ia ficar na casa de Madeline (os pais de Charlotte iam dar um jantar para alguns colegas do trabalho do sr. Chamberlain), mas parecia que no dia seguinte sua única escolha seria voltar para a casa dos Mercer.

A exaustão a cobria como um manto pesado. Se pudesse encolher-se dentro do armário, teria feito isso. Por sorte, almoçaria com Ethan. Precisava passar bons momentos a sós com a única pessoa com quem podia baixar a guarda. Ele tinha sido uma fortaleza, especialmente nos últimos tempos. Ligara para ela todos os dias antes de dormir e até levara flores à casa de Charlotte. A sra. Chamberlain o proclamara um ótimo partido.

Emma se apoiou contra o armário por um segundo e fechou os olhos. Quando os reabriu, se viu olhando para Thayer. Ela deu um pulo, sobressaltada.

– Uau! – exclamou Thayer, erguendo as mãos. – Sou só eu!

A boca de Emma formou um sorriso frouxo.

– O-Oi – disse ela, observando os olhos castanho-esverdeados e a pele saudável de Thayer. Ela não o via desde a festa do pai de Sutton, embora ele tivesse mandado algumas mensagens de texto para o telefone de Sutton. O encontro que tiveram fora um pouco íntimo demais para Emma, e ela preferira manter distância.

Thayer se aproximou um pouco mais, encostando o quadril nos armários.

— Só queria ver como você estava por causa de... tudo — disse ele em tom suave.

— Estou... — De repente, o olhar de Emma se fixou em alguém atrás de Thayer. O ex de Sutton, Garrett, tinha visto os dois e caminhava depressa até eles. Seu maxilar estava contraído, e seus olhos, estreitos como duas fendas.

Thayer também se virou e acenou com cautela para Garrett, que se limitou a encará-lo.

— Eu não perderia meu tempo com a Sutton, cara. Ela esqueceu você. Agora tem um novo namorado. Ou você não soube?

— Garrett! — exclamou Emma.

Thayer revirou os olhos, ignorando-o.

— Suma daqui, cara.

Garrett fez um horrível som de desdém.

— Ah, esqueci — retrucou ele com sarcasmo. — Você não tem muito respeito por relacionamentos, não é?

Ele encarou Thayer, que o encarou de volta. Por um longo momento, nenhum dos dois piscou.

— Afaste-se — disse Thayer entre os dentes.

— Ou o quê? Você vai dormir com minha namorada? Ah, espere, você já fez isso. Porque vocês dois não valem nada.

O rosto de Thayer ficou vermelho-vivo; então, seu punho se chocou contra o rosto de Garrett, que segurou o maxilar. No segundo seguinte, Garrett agarrava os ombros de Thayer e os sacudia com força. Thayer tentou permanecer de pé, mas seus joelhos cederam, e ele tropeçou com a perna machucada.

– Parem! – gritou Emma, puxando as costas da camiseta de Thayer. – Por favor!

Garrett partiu mais uma vez para cima de Thayer, mas ele se abaixou e envolveu a cintura do rival com os braços. Ambos soltaram gemidos guturais e de repente começaram a rolar pelo chão.

– Parem! – gritou outra vez Emma.

Eu observava horrorizada... mas também admirada. Não lembrava se dois garotos já tinham brigado por minha causa, e até que era lisonjeiro.

– Briga! – gritou um cara magro de camisa xadrez.

No mesmo instante, os alunos do Hollier apareceram do nada para ver os garotos no chão. Integrantes da banda marcial saíram do auditório para assistir, e alunos vieram das salas de aula, formando um amontoado ao redor de Garrett e Thayer. Metade da multidão erguia os celulares para capturar melhor a ação.

Então os garotos se levantaram. Thayer partiu para cima de Garrett outra vez, mas um jogador de futebol que Emma reconhecia interveio e tirou Garrett da briga.

– Pare com isso, cara – rosnou ele no ouvido de Garrett. – Brigando você vai acabar expulso do time.

Garrett tentou se livrar dele, com os olhos ardendo e o peito arfando.

– Você é um idiota – sibilou para Thayer.

– Você também – retrucou Thayer, parado no meio do círculo com o nariz sangrando.

A multidão começou a se desfazer com a mesma rapidez com que se formara. Emma correu para Thayer e tocou seu ombro.

– Você está bem?

– Aquele cara é louco – disse ele com a voz rouca, recuperando o fôlego. Então, passou a mão pelo maxilar e estremeceu.

– Você não deveria ter provocado! – gritou Emma.

Thayer girou levemente o ombro, depois olhou para ela.

– Uma coisa é falar mal de mim, mas não tolero que insulte você.

Uma sensação de calor começou no estômago de Emma, e ela percebeu que tinha corado. Era tocante ver Thayer sendo tão cavalheiro, defendendo-a assim. Até meio... *romântico*.

Eu também estava tocada. Especialmente porque ele estava defendendo a *mim*, não minha irmã.

Alguém pigarreou atrás dela. Emma se virou e viu Ethan tentando ultrapassar o que restava da multidão, com uma expressão preocupada e confusa. Emma se jogou sobre ele, aliviada porque o namorado não podia ler seus pensamentos.

– Oi – murmurou ela.

– O que está acontecendo? – perguntou ele. – Soube que houve uma briga e que você estava no meio.

Emma balançou a cabeça, olhando de Ethan para **Thayer**, depois de volta para Ethan. Era estranho falar sobre o **motivo** da briga.

– Já acabou – disse ela simplesmente. – E eu estou bem. Thayer estava... protegendo minha honra.

Ethan olhou para Thayer por um longo momento, depois estendeu a mão.

— Bem, nesse caso, obrigado, cara.

Thayer a apertou.

— De nada.

Então Ethan colocou o braço ao redor dos ombros de Emma.

— Quer sair daqui? Podemos almoçar fora do campus ou coisa assim.

— Tudo bem — aceitou Emma em voz baixa. Ela olhou de lado mais uma vez para se despedir de Thayer e se certificar de que estava bem. Mas ele tinha desaparecido.

Quinze minutos depois, Ethan parava seu Honda Civic velho em um estacionamento cercado por treliças cobertas de hera e lindos jardins de rosas. Um peculiar restaurante chamado Le Garçon ficava a alguns metros de distância em uma antiga mansão vitoriana que parecia uma casa de biscoito gigante. Era estranho ver uma arquitetura como aquela no meio de Tucson, com seu estilo típico do sudoeste americano, coberto de adobe, o que tornava tudo aquilo mais exótico.

— Depois da semana que você teve, achei que estava precisando de uma folga — disse Ethan, conduzindo Emma ao restaurante. O interior era frio e cheirava a flores frescas. Quando os olhos dela se acostumaram à luz, ela viu algumas mesas cobertas com toalhas brancas. Vigas de carvalho se cruzavam no teto, e pequenos vasos exibiam rosas claras junto com luzes de Natal. As portas dos fundos se abriam para um enorme jardim, e o harpista tocava notas suaves e tilintantes em um canto.

— Uau — disse Emma, observando o garçom passar com bandejas de comida de ótima aparência. — Parece muito chique, Ethan. E caro. — Ela olhou para ele, preocupada. — Quer que eu pague?

— Claro que não. — Ethan fez uma careta. — Eu cuido disso.

Emma o pegou pela mão quando o maître os levou a uma mesa. Também fiquei surpresa e impressionada com a escolha de Ethan. Era exatamente o tipo de encontro que eu teria planejado: isolado o bastante para ser romântico, mas com o tipo certo de gente.

Eles se sentaram e colocaram o guardanapo sobre o colo. Um garçom chegou e serviu copos de água, que Emma bebeu com avidez. Ethan a observou, o queixo apoiado nas mãos.

— Você é linda, sabia?

— Pare. — Emma baixou a cabeça.

— É verdade — insistiu Ethan. — Mas também parece cansada. Tem conseguido dormir?

— Só um pouco — admitiu Emma em voz baixa. Ela esquadrinhou o salão. Além de mulheres bem-vestidas a algumas mesas de distância, que deram uma olhada rápida em Emma e depois desviaram os olhos, o restaurante cheio não pareceu notá-los. — Só quero que amanhã chegue logo para eu poder revistar o consultório do sr. Mercer. Estou cansada de esperar. Quero que essa história acabe.

Ethan esticou as mãos sobre a mesa e olhou para as dela.

— Claro. Mas vamos tentar não pensar nisso, ok? Você precisa de uma folga... *merece* alguns momentos sem pensar no caso.

Sua voz era gentil, mas firme, e Emma se forçou a relaxar os ombros.

— Ok — sussurrou ela.

Na mesa ao lado, uma mulher com um vestido preto justo e um homem de gravata fina analisavam a lista de vinhos. Algumas pessoas estavam sentadas no bar, rindo alegremente. O clima era ameno, mas sofisticado. Emma tinha a sensação de que sua irmã teria adorado aquele lugar.

Eu sorri. Ela estava certa.

— Ah! — disse Ethan com um grande sorriso. — Queria contar que finalmente consegui entrar no sistema das câmeras de trânsito! Você estava certa, foram mesmo as Quatro Cafajestes.

— Que incrível! — exclamou Emma, inclinando-se à frente para lhe dar um rápido beijo. — As meninas vão ficar muito felizes!

— É, só vou editar a filmagem e mandar o arquivo para vocês por e-mail — disse Ethan com as bochechas coradas.

— Perfeito.

Um garçom colocou uma cesta de pães variados na mesa.

— O adorável jovem casal quer ouvir os pratos do dia? — perguntou ele, arqueando o quadril para a frente e alisando com a mão o cabelo cor de cenoura. — O tartare de atum está uma coisa de outro mundo. E vocês nem imaginam como estão incríveis as costeletas de cordeiro guisadas com molho de hortelã. — Ele fez uma expressão de êxtase.

Emma riu.

— Parece delicioso. Vou querer esse — disse ela.

— Ótima escolha! — gorjeou o garçom. — E para o senhor?

— Vou querer o coquetel de camarão – disse Ethan, partindo um pedaço de pão de centeio e enfiando na boca. – E, ahn, o filé. Ao ponto para mal.

— Ao ponto para *mawrl*! – O garçom soltou um falso urro, curvando as mãos como um leão, depois saiu andando.

Por um instante, Emma manteve os olhos no colo, mas, quando viu a boca de Ethan se abrindo em um sorriso, ela caiu na gargalhada. Eles trocaram um olhar, e ambos começaram a rir ainda mais.

— *Mawrl!* – imitou Ethan.

— Ótima escolha! Pena que ele não trabalha no refeitório do Hollier – brincou Emma. – Consegue imaginar? 'Ahn, vou querer a pizza de pão francês.' '*Ótima escolha!*' – disse ela, movendo os quadris de um lado para outro de forma extravagante.

— Ou no refeitório de uma prisão. – Ethan curvou os ombros e falou com uma voz de marginal. "Aê, cara, vou querer sobra de almôndega com vagem de ontem."

— *Ótima escolha!* – exclamou Emma como um refrão, bufando de tanto rir. – E se fosse a telefonista de um restaurante chinês fuleiro?

Ethan levou a mão à orelha, imitando um telefone.

— Ahn, oi, gostaria de pedir o Frango a General Tso?

Emma estremeceu.

— *Ótima escolha!* – Ela riu.

Riam tanto que o restaurante inteiro os encarava. Emma sabia que estavam agindo de forma imatura e inapropriada, mas não ligava. Era muito bom rir. Também era bom compartilhar um momento tão engraçado com Ethan. Estava com ele por isso: tinham o mesmo senso de humor. Eles se entendiam. E se divertiam muito juntos.

— Adoro ver esse lado seu — disse Ethan quando pararam de rir. — Ele me faz lembrar que não importa quão bem desempenhe o papel de Sutton, você tem uma personalidade única.

Emma assentiu.

— Somos parecidas... e diferentes. Como dois lados da mesma moeda. Às vezes acho que estou me perdendo nela.

— Não está — insistiu Ethan. — Sempre será você.

Emma olhou para as garrafas de vidro de bebidas alcoólicas atrás do bar.

— Mal posso esperar para voltar a ser eu — comentou ela em tom suave. — O sr. Mercer disse que esta situação é muito melhor que a que eu tinha antes, mas sinto saudades de ser eu mesma. Quero minha vida de volta. Minhas próprias escolhas.

— Eu sei — disse Ethan. — Também mal posso esperar para você ser só você mesma. — Então ele pegou as mãos dela. — Mas tem que admitir que se tornar Sutton teve *alguns* benefícios. — E as apertou. — Como me conhecer.

— Como conhecer você — repetiu Emma, correspondendo ao olhar dele. Eles se inclinaram para a frente e trocaram um leve beijo.

Eu virei as costas, sentindo que estava me intrometendo em algo pessoal. As palavras de Emma soavam em meus ouvidos. Eu queria que ela voltasse a ser ela mesma, de verdade. Mas isso levantava outra questão, na qual eu não pensava com muita frequência. Quando Emma colocasse meu pai atrás das grades, o que aconteceria comigo? Eu estava ligada a ela porque tinha assuntos pendentes? Ou essa era alguma vingança cármica por todas as coisas horríveis que eu fiz enquanto estava viva?

Emma tinha tudo a ganhar ao fazer justiça por mim. Ela passaria ao estágio seguinte de sua vida como Emma Paxton. Será que eu também seguiria em frente? Ou ficaria sem nada?

25

LANCHE DA MADRUGADA

Depois do treino e de um longo banho quente, Emma bateu à porta da frente dos Vega. Ela ouviu passos e, um instante depois, Madeline abriu, levou o dedo aos lábios e a mandou entrar.

Apesar dos passos leves das garotas, o sr. Vega saiu da cozinha segurando um copo com líquido cor de âmbar, provavelmente uísque. Seus olhos frios e duros examinaram Madeline como se buscassem algum defeito. Depois ele olhou para Emma.

— Não está meio tarde para uma reunião, meninas? É noite de semana.

Madeline pigarreou, nervosa.

— Pai, temos uma prova de física importante amanhã e vamos passar a noite estudando. Será que Sutton pode dormir aqui, *por favor*? Não daremos um pio... prometo.

O sr. Vega agitou seu drinque, parecendo não acreditar muito nelas. Mesmo em repouso, ele parecia tenso e ansioso, pronto para o bote. Emma prendeu o fôlego, forçando-se a não olhar para os braços e as pernas de Madeline. As contusões estavam bem escondidas por mangas e calças de ginástica, mas Emma sabia que existiam. E sabia quem as causara. Ela não acreditava que aquele lugar era uma alternativa à casa dos Mercer.

Ele não estava em minha lista de suspeitos, mas era um criminoso. Agora que eu sabia o que o sr. Vega estava fazendo com Mads *e* Thayer, sentia um calafrio sempre que o via. Aquilo explicava por que Mads ficava tão nervosa quando estava perto dele e por que se esforçava tanto para ser perfeita. Provavelmente, achava que se conseguisse acertar ele não encontraria nada para criticar.

— Tudo bem — disse por fim o sr. Vega, encarando-as por um tempo desconcertantemente longo. — Mas não faça barulho. Sua mãe já está dormindo.

Emma se perguntou se a sra. Vega já tinha tentado impedir o marido de machucar os filhos ou se o temia demais para interferir.

Em segundos, elas deixaram as coisas no quarto de Madeline. Fotos de bailarinas pontuavam as paredes. Páginas duplas de revistas emolduradas pendiam ao lado de fotografias dela e de Thayer. Em sua cômoda impecável, ornamentos de porcelana estavam arrumados em círculo. Ela se perguntou se o pai super-rígido da amiga fazia com que os limpasse todas as manhãs ou se aquela era a maneira que Madeline encontrara para exercer controle onde podia.

Madeline retirou um monte de almofadas de cima de um edredom estampado com lilases e se deixou cair na cama queen size. Abraçando um travesseiro, lançou um olhar desconfiado a Emma.

— Sabe, adoro quando você vem dormir aqui de improviso e essas coisas, mas por que passou a semana inteira evitando ir para casa? Brigou com a Laurel ou algo assim? Seus pais estão lhe dando nos nervos?

Emma olhou para Madeline, feliz por ela ter-lhe dado uma desculpa plausível.

— Laurel tem sido uma idiota nos últimos tempos. Eu só precisava de uma folga das brigas constantes.

— Por causa do Thayer? — perguntou Madeline de um jeito brusco.

Emma olhou para os próprios pés.

— Mais ou menos.

Os ombros de Madeline se enrijeceram.

— Se você está se encontrando com ele sem me contar, Sutton, juro que vou...

— Não estou — garantiu Emma. — Digo, nós conversamos algumas vezes, mas não é isso. — Ela se sentou na cama ao lado de Madeline. — Tenho algo legal com Ethan. Ele me faz muito feliz.

Madeline abriu para Emma um sorriso genuíno.

— Ethan parece ser ótimo. Quem diria que o poeta caladão seria um cara tão bacana? Estou feliz por vocês dois.

— Obrigada — disse Emma com timidez. — Também acho ele maravilhoso. E entendo por que você está protegendo tanto seu irmão. Eu sei sobre a reabilitação.

Um músculo do maxilar de Madeline estremeceu. Ela olhou para a porta.

— Fale baixo — sussurrou ela. — Ele contou para você?

— Contou. No outro fim de semana, quando esbarrei com ele no supermercado. — Era uma das poucas vezes que Emma podia ser totalmente honesta. — E não contei a ninguém. Eu não faria isso com vocês.

Madeline deu um longo suspiro.

— Obrigada. — Ela soltou o cabelo, deixando as camadas escuras descerem por seus ombros. — Eu amo meu irmão — disse ela em tom suave, prendendo uma mecha de cabelos entre os dedos e examinando uma ponta dupla. — Só quero que ele fique bem.

— Eu sei — sussurrou Emma. — Ele está melhorando, Mads. Você mesma disse que ele está limpo desde que voltou para casa.

— Até onde sabemos. — Madeline olhou pela janela. Então, abruptamente, ela se virou e encarou Emma. — Sei que tenho andado meio louca por causa do meu irmão, mas você não imagina como é morar aqui sem ele. Quando Thayer estava com você, e agora com Laurel, é como se não estivesse aqui de fato... — Ela se calou. Seus olhos se encheram de lágrimas. — Não posso ficar nesta casa sem meu irmão, Sutton — acrescentou por fim, balançando a cabeça devagar. — Ele é o único que me protege, o único que me ama.

— Ah, Mads — sussurrei, observando tudo aquilo e me sentindo muito impotente.

Emma abraçou Madeline.

— Estou aqui para você — disse ela baixinho. Emma podia não conseguir se colocar exatamente no lugar de Madeline, mas também tivera sua cota de dramas familiares e sabia como era se sentir assustada.

Eu abracei as duas, desejando desesperadamente poder consertar tudo.

Horas depois, Emma acordou sobressaltada, com a garganta ardendo. Eram três da manhã, o que Becky chamava de hora da bruxaria. Ela era uma notívaga, e Emma sempre a ouvia andando pelo apartamento às três da manhã em ponto.

Uma luz noturna em forma de lágrima na parede de Madeline lançava um sinistro brilho azul pelo chão. A casa estava silenciosa, com exceção dos roncos do sr. Vega, audíveis no final do corredor. Emma queria fechar os olhos e voltar a dormir, mas parecia que sua boca estava cheia de algodão.

Ela empurrou as cobertas com o máximo de cuidado e silêncio. Mais cedo, enquanto estavam assistindo à TV e fofocando, o sr. Vega enfiou a cabeça para dentro, parecendo furioso. "Onde estão seus livros de física?", fulminou ele. Madeline pulou quase um quilômetro. "Ahn, estamos fazendo uma pausa", disse ela. Depois disso, elas desligaram a TV e não conversaram mais. Emma esperava que Madeline não tivesse que pagar por isso quando fosse embora de manhã.

O banheiro do corredor ficava bem ao lado do quarto do sr. e da sra. Vega, então Emma decidiu ir até a cozinha. A escada rangeu sob seu peso. Ela congelou por um instante, certa de que o sr. Vega apareceria gritando com ela. *Continue andando*, disse a si mesma, olhando direto para a frente e se esgueirando até a cozinha. *Você não está fazendo nada de errado.*

No final do corredor, um vaso curvado de madeira continha ramos marrons cheios de flores amarelas. Uma antiga bandeja de prata ficava sobre a mesinha de centro em uma pequena sala de estar. Emma atravessou um tapete estilo navajo e virou-se para a cozinha, que ainda cheirava levemente a temperos do jantar. Quando seus pés descalços tocaram os ladrilhos frios, ela viu algo e sobressaltou-se. Thayer estava ao lado da bancada de granito preta. Encarando-a.

Emma deu um pulo para trás.

– Ah!

– O que *você* está fazendo aqui? – sussurrou Thayer. Mais cedo, quando ela chegou, ele estava em seu quarto com a porta trancada.

Ele estava sem camisa, de cueca boxer azul-marinho, e a escuridão não conseguia esconder os ombros e o abdome musculosos. Ela desviou os olhos rapidamente.

– Ahn, vim dormir aqui com a Mads hoje.

Minha pulsação acelerou. O que eu não daria para passar alguns minutos a mais, *sozinha*, com Thayer Vega e aqueles ombros.

Os olhos castanho-dourados de Thayer passearam sobre a regata fina de Emma.

Por mais difícil que fosse vê-lo olhando para ela daquele jeito, parte de mim queria que minha gêmea chegasse ainda mais perto. Eu queria que Thayer puxasse Emma de encontro ao peito para que eu pudesse me lembrar de como era ter seus braços em volta de mim. Então ele se aproximou dela.

– Faz muito tempo que você não dorme aqui – disse ele com a voz levemente rouca.

Emma engoliu em seco. Thayer estava tão perto que ela conseguia sentir o cheiro de desodorante e a menta da pasta de dentes. Ele olhou para o relógio do forno.

– Três da manhã – comentou ele em voz baixa. – Era nosso antigo horário de encontros, lembra? Foi por isso que você veio?

– Eu... – disse Emma hesitante. Ela queria dizer a Thayer que não, mas algo a impedia. Era como se ele fosse um ímã, puxando-a em sua direção. – Eu só precisava passar uma noite longe do meu pai.

De repente, seus braços estavam em torno da cintura dela, e seus lábios, a apenas centímetros de distância.

– Thayer – disse Emma, virando o rosto.

– Sutton – ofegou Thayer em seu ouvido.

– E-Eu estou com Ethan agora – disse Emma. E se afastou dele. – Preciso ir.

Thayer levantou as mãos.

– Então vá.

Emma sabia que devia ir. Sabia mesmo. Mas algo a mantinha ali, olhando para ele por um momento longo demais. Seus olhos castanhos a atraíam. O desejo dele por ela era palpável.

– Eu... – sussurrou ela, mas o restante da frase evaporou de sua língua.

Não faça isso, implorei em silêncio. *Por favor, me dê mais alguns segundos.* Mas então senti uma ruptura dolorosamente familiar quando ela fugiu escada acima para o quarto de Madeline, arrastando-me atrás de si para longe do garoto que eu amava tão desesperadamente.

26
CHAMEM O MÉDICO

Na tarde de quinta-feira, Emma entrou com o carro de Sutton em uma vaga no estacionamento de visitantes do Hospital da Universidade do Arizona. Sua testa ficou imediatamente suada, mas ela não sabia se era por causa do calor escaldante ou porque estava prestes a invadir o consultório do sr. Mercer.

Uma médica de roupa cirúrgica verde-água saiu pela porta da frente, falando ao celular e brincando com o estetoscópio que tinha no pescoço. Quando passou por Emma, ela deu um sorrisinho, mas a garota baixou a cabeça e não retribuiu o sorriso, sentindo-se uma espiã.

Será que conseguiria mesmo fazer aquilo? Entrar de fininho no consultório do sr. Mercer e revistar suas coisas? Mesmo que Emma e Ethan tivessem concordado que era o melhor a fazer, ela sofria com a ideia de colocar o plano em prática.

Podia ter cometido furto, participado de trotes do Jogo da Mentira e até vasculhado os quartos de Laurel e de Thayer, tudo para encontrar o assassino, mas entrar no consultório do pai de Sutton parecia muito mais perigoso. Talvez porque ficasse em um hospital, com centenas de câmeras de vídeo e segurança. Seria muito fácil para o sr. Mercer descobrir tudo.

Tomando coragem, Emma engoliu em seco, foi até os elevadores e pressionou *3* com o dedo indicador. Era nesse andar que o sr. Mercer trabalhava, conforme ela tinha visto em seus cartões de visitas.

A ortopedia ficava à direita dos elevadores, e Emma se dirigiu para lá o mais casualmente que pôde. O lugar parecia com qualquer outro hospital em que ela já estivera: paredes esverdeadas, janelas altas, pisos de linóleo. O cheiro sinistro de desinfetante e doença pairava forte no ar, e nas paredes havia desenhos feitos por pacientes da ala infantil, a maioria deles colorida, com dragões compridos ou cachorros com olhos tristes.

Também esquadrinhei as paredes, esperando encontrar algo familiar, algum objeto que desencadeasse uma lembrança. *Será que meu pai tinha me levado até ali depois de me matar?* Era inevitável imaginá-lo carregando meu corpo pelos corredores até o incinerador do hospital.

Emma virou a esquina do corredor e entrou na sala de espera do centro cirúrgico. A recepcionista, com uma faixa de penas no cabelo, olhou-a atentamente da recepção.

– Com licença, senhorita. Posso ajudá-la?

Emma congelou. Os olhos da mulher a avaliavam sem um pingo de reconhecimento, o que provavelmente era algo positivo.

— Sim, estou aqui para ver o dr. Mercer. Sou paciente dele. — Ela tentou parecer perturbada, como se tivesse um problema sério que justificasse um encaixe com o sr. Mercer no final do dia.

A recepcionista estreitou os olhos.

— O dr. Mercer não está aqui hoje. Está em uma conferência.

Merda. Emma percebeu que poderia ter planejado melhor seu disfarce. *Claro* que a recepcionista sabia onde o pai de Sutton estava. Mas, de repente, um homenzinho de cabelo branco desgrenhado usando uma bata hospitalar chegou pelo corredor. Segurando um saco de batatas fritas, ele olhou a sala como se procurasse alguém.

— Grover?! — chamou ele. — Grover, você está aqui? — Então, resmungando, continuou pelo corredor, arrastando seus pés com meias pelo linóleo como se estivesse patinando no gelo. A recepcionista se levantou e deixou seu posto.

— Sr. Hamilton! — chamou ela. — Como chegou até aqui? — Ela pousou a mão com delicadeza em seu braço descoberto e o levou em direção a uma porta.

Emma aproveitou a oportunidade e entrou por outro longo corredor que dizia CONSULTÓRIOS. Olhou os números das salas avidamente. 311. 309. 307. *Bingo*.

Esteja destrancada. Por favor, esteja destrancada. Emma empurrou a maçaneta prateada e usou o cotovelo para abrir a porta em um movimento fluido. Tinha entrado.

O consultório do sr. Mercer era um quadrado perfeito e menor do que ela imaginara. Uma única janela dava vista para um lago artificial e para o jardim. Quatro diplomas emoldurados, todos de universidades da Califórnia, pendiam das paredes brancas, e um calendário com a foto de Drake brincando na neve em frente a uma cabana rústica pendia perto da mesa de madeira. Uma cadeira de couro estava empurrada para trás, como se o sr. Mercer a tivesse afastado da mesa abruptamente e saído do consultório.

Emma ouviu passos e instintivamente se jogou contra a porta. *Não entre!* Seu coração latejou nos ouvidos até os passos desaparecerem.

Então ela olhou para a mesa. Havia três gavetas e um arquivo, uma agenda sobre um papel mata-borrão e um laptop da Mac posicionado perto da luminária. Lenta e cuidadosamente, ela abriu a primeira gaveta, sem saber bem o que estava procurando. Uma faca ensanguentada? O sutiã da amante? Uma confissão assinada? Mas tudo o que havia na gaveta eram um bloco de papel timbrado para receitas, um monte de canetas e um guia de bolso de medicamentos e sintomas.

Na gaveta seguinte encontrou uma montanha de clipes de papel, marca-textos amarelos e uma calculadora que funcionava a energia solar. Pastas de papel pardo cheias de registros médicos estavam sobre blocos de anotações com nomes de remédios. Ela abriu a terceira gaveta e encontrou uma caixa aberta de canetas esferográficas e um talão de cheques. Foi até o final, onde ficava o registro. *Vitória.* O sr. Mercer era um desses tipos que ainda faziam o balanço do talão de cheques à mão, e não on-line. Ela esquadrinhou sua caligrafia confusa, que tinha documentado cheques para uma conta de gasolina, a hipoteca, centenas de dólares para uma empresa de bufê chamada Let's Bake Bread!, pagamentos do Visa, internet e TV a cabo. Então havia um cheque de duzentos dólares pago a uma pessoa chamada Raven Jannings.

Emma não achou nada de mais; ela podia ser uma massoterapeuta ou a atendente de uma barbearia de luxo. Mas virou a página e encontrou outro cheque, desta vez de quinhentos dólares, novamente para Raven. E outro e mais outro. Sempre tinham valores variáveis, sempre números redondos e sempre às segundas-feiras.

Emma tirou o telefone de Sutton do bolso e pesquisou Raven Jannings no Google. Mas não apareceu nada além da sugestão de redirecionar a pesquisa para Raven-Symoné.

O telefone preto sobre a mesa do sr. Mercer tocou, e Emma se sobressaltou. O identificador de chamadas exibiu o número na tela. *Hotel Super 8*, estava escrito, mostrando um número local de Tucson. Emma torceu o nariz. Que tipo de paciente cirúrgico ficava em um decadente hotel de beira de estrada?

A ligação terminou. Emma esperou um instante, olhando o pequeno triângulo na extremidade do telefone do sr. Mercer. Ela já trabalhara na recepção de um hotel de beira de estrada em Vegas, e tinham um telefone exatamente como aquele: o triângulo acendia uma luz verde se alguém deixasse uma mensagem de voz.

O telefone tocou de novo, e o mesmo número apareceu no identificador de chamadas. Emma fixou os olhos no fone. Algo estava lhe dizendo para atender.

Eu, talvez? Eu estava gritando o mais alto que podia.

Cuidadosamente, Emma pegou o fone.

– Alô? – disse ela com a voz insegura.

Uma respiração ofegante soou do outro lado da linha.

– Alô? – repetiu Emma. – Tem alguém aí?

Mais respiração.

— Ahn, foi engano — disse uma voz feminina. Ela desligou rapidamente.

O coração de Emma batia com força enquanto uma nova ideia se formava em sua mente. Era *ela*? A amante do sr. Mercer? E seu nome era Raven?

Minha mente girava. Será que meu pai estava mesmo tendo um caso com uma mulher chamada Raven? *Nojento!* E será que se encontravam no Super 8? Talvez ele tivesse chegado à conclusão de que ninguém o encontraria lá. Nem morta minha mãe iria a uma espelunca de beira de estrada. Tudo aquilo me dava a sensação de estar coberta de formigas.

Emma bateu o fone no gancho no mesmo instante em que a maçaneta do consultório do sr. Mercer se virou. *Merda*. Ela se escondeu atrás da mesa, encolhendo-se ao máximo no espaço onde normalmente entra a cadeira. *Por favor, por favor, que não seja ele*, pensava ela com a cabeça a mil.

Uma voz feminina começou a cantarolar com suavidade. Os punhos de Emma relaxaram devagar. Uma pesada pilha de papéis caiu sobre a mesa, acima de sua cabeça, com um baque, seguido pelo som de algo sendo jogado em uma lata. Emma prendeu a respiração enquanto a mulher andava pelo consultório com passos abafados pelo carpete.

Quando a porta se fechou novamente, Emma soltou um imenso suspiro e saiu de baixo da mesa com as pernas trêmulas. Recolocou o talão de cheques na gaveta e depois empurrou a cadeira para trás alguns centímetros, exatamente como o sr. Mercer a deixara. Ao sair e dobrar o corredor, ouviu uma voz atrás dela.

— Dr. Mercer!

Com cuidado, Emma espiou novamente pelo corredor e viu uma enfermeira de roupa cirúrgica cor-de-rosa entregando uma pasta a um médico que estava fora de vista.

— Muito obrigado — disse uma voz familiar. O sangue de Emma gelou. Era o *sr. Mercer*. Por que tinha voltado tão cedo da conferência?

Ela observou horrorizada o sr. Mercer ir até seu consultório, com papéis na mão, e fechar a porta atrás de si. Seu coração batia com tanta força que ela mal conseguia respirar. Tinha *acabado* de sair dali. Não o encontrara *por um triz*.

Era como uma intervenção divina. Adoraria dizer que eu tinha algo a ver com isso... só que não era verdade.

Emma entrou correndo em um elevador aberto e apertou o botão do térreo. Quando as portas se fecharam, ela se encostou à parede do fundo e tentou recuperar o fôlego. Foi por muito pouco.

A raiva me invadiu enquanto o elevador descia para o térreo. Agora, Emma não era a única que fazia listas: eu tinha começado uma chamada *Mentiras do Meu Pai*. Marido zeloso? Pai carinhoso? Rá. Pensei nos cheques que fizera para Raven, fosse quem fosse. A respiração do outro lado da linha, o decadente hotel de beira de estrada onde ela estava. Imaginei-os se encontrando lá, fazendo coisas em que não me atrevia a pensar.

Então, finalmente, pensei em meu pai operando seus pacientes, com as mãos firmes, meticulosas e precisas. Eu só podia concluir que haviam tido a mesma eficiência quando extinguiram a luz de meus olhos e a vida de meu corpo.

27
AGORA É GUERRA

Quando Emma parou na entrada da garagem dos Mercer meia hora depois, ficou aliviada por não ver o SUV do sr. Mercer em lugar algum. Ela temia voltar, mas temia mais ainda o que aconteceria se não voltasse. Abriu a porta da frente e jogou as chaves de Sutton ao lado de uma pilha de envelopes sobre o reluzente aparador do vestíbulo. Então passou pelas fotografias do corredor (Sutton e seu pai sempre posavam sorrindo nas férias e nos passeios em família). Quanta mentira. Será que ele estava pensando em Raven o tempo todo? E qual era a finalidade dos cheques que passava? Joias? Quartos de hotel?

Ou era dinheiro para manter Raven quieta sobre o que ele tinha feito comigo?

– Sutton? – chamou a sra. Mercer da cozinha. – É você?

Emma parou no corredor, encurralada, quando a sra. Mercer apareceu. Emma baixou a cabeça, sentindo que tudo o que tinha acabado de descobrir estava escrito em sua testa.

– Oi, mãe – disse ela com a voz muito mais aguda que de hábito.

O cabelo da sra. Mercer estava preso no topo da cabeça com grampos prendendo mechas próximo às orelhas. Com exceção de um pouco de blush nas ressaltadas maçãs do rosto, ela estava sem maquiagem. Tinha trocado as roupas de trabalho por uma calça preta de corrida e um moletom com zíper justo com o logo da Adidas no peito. Brincos de pérola minúsculos enfeitavam suas orelhas. *Ela é tão linda*, pensou Emma com tristeza. *E tão boa mãe. Por que alguém a trairia?*

Eu não parava de me fazer a mesma pergunta.

– Você está bem, querida? O papai disse que você passou a semana com as garotas estudando muito – disse a sra. Mercer, cujo sorriso se desfazia. – Você está pálida. A intoxicação alimentar não voltou, não é?

As bochechas de Emma doíam por sorrir tanto.

– Ah, estou ótima. É que tenho um teste de alemão amanhã. Vai ser *muito* difícil. E grande parte da minha nota depende dele. – Ela tamborilou com as unhas no corrimão. – Só preciso me trancar no quarto e estudar. Você se importa se eu comer lá em cima só hoje?

Um sorriso se abriu no rosto da sr. Mercer.

– Claro que não. Sabe quanto seu pai e eu estamos orgulhosos de suas notas neste ano letivo.

Emma mexeu na tira da bolsa. Os Mercer tinham ficado muito impressionados com as notas altas de Emma, retirando-a do castigo por roubar da loja Clique e deixando-a ir ao Baile de Boas-Vindas. Na verdade, fora o sr. Mercer que convencera a esposa de que a filha devia ser recompensada pelo trabalho duro, mas tinha sido tudo atuação. O sr. Mercer sabia que a garota que tirava boas notas não era sua filha. Provavelmente, só a estava recompensando por fingir ser Sutton.

– Estarei no meu quarto. – Emma correu escada acima de dois em dois degraus. Ela fechou a porta de Sutton e se jogou na cama, ouvindo a porta da frente se abrir e fechar. Primeiro entrou Laurel, depois o sr. Mercer. Vozes altas e felizes ressoavam lá embaixo. Para Emma, eram como unhas em um quadro-negro. Ela só conseguia pensar na ligação do hotel de estrada, na respiração do outro lado da linha.

Quando bateram com força na porta de Sutton, Emma se levantou de imediato. Antes que pudesse dizer uma palavra, a maçaneta girou com um clique, e a porta se abriu.

– Sutton?

Emma viu o rosto do sr. Mercer. Suas sobrancelhas escuras se ergueram. Drake estava atrás dele, cheirando a um xampu para cachorro enjoativamente doce.

– Você voltou. – O sr. Mercer segurava um prato de massa com bastante molho de tomate. – Fiquei sabendo que você ia comer aqui em cima. – Ele ficou parado na porta. – Estudando muito?

Emma o observou. Claro que ele sabia que ela não estava estudando de verdade. Mas estava disfarçando com um sorriso no rosto e uma expressão orgulhosa.

– A-hã – murmurou ela.

O sr. Mercer assentiu.

– É incrível como você melhorou desde o começo das aulas. Uma nova Sutton.

Emma fixou os olhos no quilt de Sutton, resistindo à ânsia de vômito. *Sou uma nova Sutton porque você matou a original*, pensou ela com amargura. *Está feliz por eu estar fazendo exatamente o que você quer? Está feliz por poder continuar seu casinho em paz, seu assassino terrível?*

De repente, ela não conseguiu aguentar a presença dele ali nem mais um segundo. Pulou da cama, pegou o prato e os talheres e virou as costas.

— Obrigada, *pai* – disse ela, cuspindo as palavras. Depois fechou a porta na cara dele com um chute e virou a chave com um clique audível.

Isso mesmo, mana, pensei. *Expulse-o daí.*

Quando teve certeza de que o sr. Mercer tinha voltado para o andar de baixo, Emma pegou o laptop de Sutton e pesquisou, no Google, os hotéis Super 8 da região. O segundo número listado pareceu familiar. Ela poderia ter jurado que era o mesmo que surgira no identificador de chamadas do consultório do sr. Mercer. Respirando fundo, ela discou.

Atenderam no terceiro toque.

— Pois não? — Era uma voz entediada. A TV estava no volume máximo ao fundo.

— Pode me passar para o quarto de Raven Jannings? — perguntou ela em um sussurro que mal se ouvia.

O recepcionista bocejou do outro lado da linha.

— Claro – disse ele. – Espere, por favor.

O peito de Emma se apertou. Ela estava certa. E, de repente, soube que estava certa sobre todo o resto. A mulher ofegante da ligação só podia ser a mesma com quem o sr. Mercer estava saindo. A mesma que Thayer flagrara com ele na noite da morte de Sutton. A mesma que a avó dissera não fazer bem para a família.

Houve um clique, depois o som de chamada. Os pés de Emma se sacudiam de nervosismo. Por favor, por favor, atenda.

A ligação caiu na secretária eletrônica, cuja mensagem genérica dizia que o hóspede do 105 não estava disponível.

— Tenho uma informação sobre Ted Mercer para você — disse ela antes que pudesse pensar nas palavras. — Estou indo até seu hotel amanhã às nove da noite em ponto. Esteja aí.

Então desligou e fixou os olhos no iPhone de Sutton. Será que era isso mesmo o que queria? E se encontrar Raven fosse perigoso? Enfim, não havia como saber quanto tempo a mulher ficaria no hotel. Aquela poderia ser sua única chance.

Eu também tinha perguntas. Será que encontrara Raven naquela noite no cânion? Ou meu pai havia presumido que eu a vira e então me matou? Que tipo de segredos letais ela guardava?

Tenha cuidado, Emma, pensei. *Você pode estar caindo em uma armadilha.*

28

INVASÃO DE PROPRIEDADE

Na noite de sexta, o cheiro de folhas frescas saudou o nariz de Emma quando ela, Ethan e Laurel subiram os degraus da escola. Uma garrafa de aço inoxidável da Klean Kanteen que alguém esquecera brilhava perto da porta do ginásio sob os últimos raios de sol. Eram sete da noite, uma hora depois que as equipes esportivas terminavam os treinos e meia hora antes do começo do baile. Laurel e Gabby estavam certas. A administração inteira tinha viajado para uma conferência em Sedona, o que significava que elas não precisavam ter medo de que a diretora Ambrose aparecesse e acabasse com a festa.

Uma corda de veludo fora colocada na porta dos fundos do ginásio. O leão de chácara que Charlotte contratara estava parado com uma postura ameaçadora, vestido de acordo, com um fone de ouvido e óculos escuros.

– Oi – disse Emma com cautela, abrindo um sorriso para ele, que foi retribuído com um aceno de cabeça.

A porta do ginásio se abriu sem fazer um clique. Charlotte tinha cuidado disso ao passar fita isolante azul sobre a fechadura.

Seus olhos se ajustaram lentamente à escuridão. Lili, Charlotte e Madeline, usando vestidos cor-de-rosa que combinavam, uma vez que haviam sido todos escolhidos naquele dia no La Encantada, estavam no ginásio pendurando serpentinas, enchendo balões e arrumando mesas cheias de comida. O lugar já deixara de ser uma sala de exercícios fedorenta para se tornar uma boate chique, com várias cortinas, mesas e até sofás confortáveis. As luzes estavam baixas, e o DJ organizava suas mesas no canto.

– Até que enfim! – gritou Lili, segurando um rolo de serpentinas amarelo-claras em uma das mãos e uma tesoura enferrujada na outra. Seu cabelo estava preso no alto da cabeça, e ela havia contornado os olhos com um lápis grosso.

– Olá, garotas Mercer – disse Charlotte do topo de uma escada. Seu cabelo ruivo caía sobre os ombros, e o vestido cor-de-rosa realçava perfeitamente a cor de sua pele. Ela enfiou uma presilha em um recorte de cartolina de Jessica Rabbit. – Ethan – disse ela, assentindo na direção dele – está elegante.

– Obrigado. – Ele sorriu. Estava mesmo lindo. Seu cabelo escuro foi penteado para trás, e a camisa azul de botões destacava seus olhos.

– O que é *aquilo*? – perguntou Emma, vendo a peituda personagem de desenho animado oscilar, presa pelo cabelo ruivo.

Charlotte deu de ombros.

— Encontrei no closet da minha mãe e pensei: por que não?

Madeline, cujo cabelo estava preso em um coque cuidadosamente bagunçado, soltou uma risadinha.

— Então está tudo pronto? — perguntou Emma, olhando as mesas de madeira encostadas às arquibancadas.

— Sim. A filmagem está pronta? — perguntou Ethan, olhando para um laptop prateado perto da comida.

— Está ótima. Estamos quase finalizando.

Madeline entregou a Emma um monte de copos vermelhos em embalagens de plástico.

— Você cuida da comida. Precisamos de copos, pratos e talheres. Além disso, temos que retirar tudo dos coolers.

— Tudo bem — disse Emma, arrebentando a embalagem de plástico com os dentes. Mas, quando as garotas viraram as costas, o sorriso que estava estampado em seu rosto desapareceu. Ela sabia que deveria estar entusiasmada com o baile ilícito e, de certa forma, estava. Contudo, também estava muito distraída pelo que tinha a fazer mais tarde.

Ainda não conseguia acreditar que fora corajosa o bastante para combinar um encontro com Raven. Ela ligara para Ethan depois a fim de contar o plano. Ele tinha insistido para deixá-lo ir também, só por precaução. Emma acrescentou a preocupação dele quanto à sua segurança à lista *Dez Momentos Mais Fofos de Ethan*, mas só então começava a achar que ele podia estar certo. E se aquilo fosse um desastre anunciado? E se Raven já tivesse entrado em contato com o pai de Sutton? E se Emma e Ethan aparecessem no hotel e encontrassem os dois esperando por eles?

O telefone de Madeline apitou, tirando Emma de seus pensamentos.

— Elas estão vindo? — perguntou ela ao telefone. — Perfeito. Esperamos vocês em cinco minutos.

Ela recolocou o telefone na bolsa e olhou para as outras.

— Era Gabby. Ela está no carro dela, seguindo as Quatro Cafajestes, que *obviamente* estão vindo para nossa festa. É melhor agirmos. Char, está tudo pronto?

— Sim — confirmou Charlotte, rindo levemente.

Ethan se colocou ao lado de Emma, que estreitou os olhos e apertou a mão dele.

— O que vocês estão tramando?

Charlotte deu um sorriso malicioso.

— Ah, achamos que devíamos adicionar algo extra junto com a projeção do vídeo na parede. Só para lembrá-las de nunca mais mexerem conosco.

Ethan lançou a Emma um olhar desconfiado, e ela puxou o lábio inferior para dentro da boca. Só mais uma coisa a acrescentar à lista *Coisas que Odeio no Jogo da Mentira: levar tudo longe demais.*

— Não tem nada de perigoso? — Na última vez que o Jogo da Mentira tinha dado um trote sem Emma saber, ela acabara presa em uma fenda rochosa no deserto.

Madeline soltou um risinho de escárnio.

— Nossa, Sutton. Não se preocupe com isso.

Antes que Emma fizesse mais alguma pergunta, vários adolescentes entraram. As garotas estavam de vestido de festa, e os garotos, de gravata e calça cáqui. Madeline diminuiu ainda mais as luzes, e o DJ tocou uma música tranquila para começar a noite.

Lili apareceu novamente ao lado de Emma.

— Elas chegaram! — sussurrou ela. — As Quatro Cafajestes chegaram!

Emma olhou pela porta do ginásio. Claro, o leão de chácara estava tendo uma discussão acalorada com as quatro garotas bem-vestidas.

— O que você acha que está acontecendo? — perguntou Ethan discretamente.

— Acho que vamos ver — disse Emma em tom nervoso.

— Mas nós fomos convidadas sim — argumentava Ariane, a garota com o cabelo de pontas tingidas, puxando a saia de couro do vestido.

O leão de chácara mostrou sua prancheta.

— De acordo com esta lista, não foram.

Lili cutucou Emma.

— Eu disse para ele dificultar as coisas. Agora ele vai pedir a Coco que vá até o armário dela, bem ao lado do ginásio, para provar que é aluna do Hollier. — Ela abriu um sorriso maníaco, depois fez um sinal para uma garota que Emma reconhecia da aula de inglês e que estava com uma câmera de vídeo.

— Sadie! Preciso de você no corredor! Vai acontecer uma coisa importante!

Emma mordeu o lábio quando o leão de chácara ergueu a corda de veludo, deixando entrarem as Quatro Cafajestes. Ele as seguiu até o armário de Coco, e a garota com a câmera esgueirou-se atrás deles. Coco digitou sua combinação, parecendo irritada. Emma se preparou para o que podia estar do lado de dentro. E se fosse algo que realmente as assustaria... ou coisa pior?

Eu também não estava gostando daquilo. Não queria ser responsável por machucar mais ninguém.

Uma luz vermelha se acendeu na câmera de vídeo, com as lentes focadas nas garotas. Quando a fechadura se abriu, ouviu-se o barulho de algo se despejando. Algo saía de dentro do armário, acumulando-se em um monte aos pés das garotas. Emma espremeu os olhos, levando um instante para se dar conta do que eram os objetos tubulares. Absorventes internos.

— Eca! — disse Ariane, pegando os absorventes de algodão, que tinham sido tirados das embalagens plásticas. As outras tentaram se afastar dos absorventes, mas eles continuaram a cair das profundezas do armário de Coco. Então elas levantaram o rosto e se deram conta de que estavam sendo filmadas. Seus rostos ficaram vermelhos. Ariane colocou as mãos na lente, ao estilo de uma celebridade furiosa.

— Sorriam! — gorjeou Charlotte, encostada à porta. Ela apontou para a parede do ginásio, onde a imagem das garotas era projetada. — Vocês estão ao vivo!

As Quatro Cafajestes se viraram na direção para a qual ela estava apontando e ficaram de queixo caído. E, enquanto assistiam, a filmagem passou do vídeo ao vivo dos absorventes a seus pés para o vídeo de segurança que Ethan tinha conseguido baixar. Uma imagem granulada de quatro garotas decorando as árvores do pátio com sutiãs e calcinhas apareceu na parede, ao estilo de um *flip book*. A princípio, era difícil ver quem eram os vândalos, mas depois uma das garotas se virou, olhou diretamente para a câmera e mostrou o dedo. Ela tinha um cabelo bem característico, pintado de dois tons, e um sorrisinho insolente.

Pegamos vocês, pensei. Minhas amigas não poderiam ter feito aquilo com mais perfeição.

— Ethan, está incrível. — Emma ofegou.

Ethan sorriu.

— Preciso admitir que foi muito divertido estar *deste* lado do trote.

O ginásio inteiro assistia. Primeiro houve assobios, que em seguida foram substituídos por olhares e murmúrios.

— Foram *elas*! — disseram muitos.

— Quem *são* elas? — reclamou outra pessoa.

— Babacas! — gritou uma voz acima de todas as outras.

As Quatro Cafajestes baixaram a cabeça. Elas encaravam as integrantes do Jogo da Mentira, reunidas na porta para aceitar sua vitória. Emma deu um passo à frente e tirou um absorvente do ombro de Ariane, com um sorriso malicioso no rosto.

— Agora vocês sabem quem se curva a quem — disse ela com a voz suave, virando as costas.

Isso aí, mana. Elas fizeram por merecer.

Uma hora depois, a festa estava a toda. Uma batida de rap pulsava dos enormes alto-falantes que o DJ tinha posicionado por toda a arquibancada. O globo de discoteca girava, fcixes de luz piscavam, e corpos dançavam em meio à multidão sob os aros de basquete. Sadie perambulava com a câmera de mão, e integrantes da equipe do anuário faziam a patrulha com suas grandes câmeras DSRL, tirando fotos como paparazzi. Os alunos do Hollier não tinham poupado esforços, como se aquele fosse um baile normal. Algumas garotas estavam de vestido longo, e a maioria dos garotos usava gravata.

— Ahn, achei que íamos ter uma lista reduzida de convidados – comentou Emma, olhando para o salão lotado. Havia pelo menos cem pessoas ali.

As Gêmeas do Twitter olharam uma para a outra, culpadas.

— Bem, as pessoas não paravam de pedir para vir... Madeline corou.

— É, acabei convidando um pessoal da escola de dança.

— E daí? – gritou Charlotte. — Esta festa está incrível.

A música terminou, e a voz do DJ ressoou pelo microfone.

— A próxima é dedicada a certo grupo de garotas... vocês sabem quem são. Obrigada por darem esta festa incrível, senhoritas! — As primeiras batidas de "Sexy and I Know It" percorreram o ar. Todos gritaram e correram para a pista de dança ao mesmo tempo. Lili foi até Emma, que supervisionava a mesa de comida, e agarrou seu braço, entusiasmada.

— Nós somos o máximo! — comemorou Lili.

Emma retribuiu com um sorriso. Ao longo da última hora, pessoas tinham se aproximado dela, agradecendo por dar a festa e elogiando a decoração e a música. Era oficial: as garotas do Jogo da Mentira estavam de volta ao topo como rainhas do Hollier.

Quem dera *eu* pudesse compartilhar um pouco da glória. A nostalgia me invadiu enquanto eu observava minhas amigas. Eu me lembrava exatamente de como era uma noite como aquela: a pura emoção de orquestrar um trote, a excitação que eu sentia quando entrava em uma festa cheia e decidia quem tinha a sorte de receber minha atenção, a onda de calor quando meu olhar cruzava com o de Thayer do outro lado do salão.

Então Emma verificou o telefone, e seu estômago se contraiu. Eram quase 20h30. Precisaria ir embora logo. De repente, sentiu um toque quente em seu braço.

— Me concede a dança? — disse Ethan em seu ouvido. Enquanto Emma recebia elogios, pouco antes, ele estava conversando com alguns alunos da turma de alemão.

— Claro! — Ela ofegou quando Ethan a puxou para perto. Seus olhos azul-piscina se fixaram aos dela. Ele se inclinou para a frente e roçou os lábios de Emma com um beijo.

— Ouuunnnn! — suspirou Lili, batendo uma foto para o Twitter.

Emma segurou o braço dele.

— Vamos para algum lugar tranquilo — sussurrou ela em seu ouvido.

Ethan assentiu, e eles atravessaram juntos a multidão. Alunos corajosos o bastante para falar com a garota que achavam ser Sutton Mercer a parabenizaram pela festa incrível, e Emma deu um sorriso confiante. Uma garota vestida de roxo dos pés à cabeça pediu para tirar uma foto do "Casal Mais Bonito do Hollier". Emma e Ethan pararam por um instante, sorriram e seguiram em frente. Normalmente, Emma teria cutucado Ethan e comentado como era irônico uma garota do sistema de adoção e um cara solitário de repente se tornarem um casal popular, mas aquele não era o momento.

Quando as primeiras notas de uma música do Coldplay tocaram, Emma puxou Ethan para baixo das arquibancadas.

— Tudo bem, admito, estou nervosa com o que vai acontecer esta noite — revelou ela.

Os olhos de Ethan se estreitaram de preocupação.

— Você não precisa ir, Emma. Tem que haver outro jeito.

— Talvez, mas não sei qual seria esse outro jeito, e não posso simplesmente continuar assim, sem saber. — Emma girava sem parar o bracelete prateado que tinha no pulso. — Morar naquela casa está me deixando louca.

— Mas e se Raven estiver envolvida no assassinato? E aí? — perguntou Ethan. — Talvez seja perigoso demais.

Emma pensou sobre aquilo, olhando os alunos no ginásio. A maioria deles estava dançando ou rindo perto da mesa de petiscos.

— Talvez seja perigoso, mas é uma chance que preciso aproveitar. Por favor, me apoie, Ethan. *Por favor*. Não sei mais o que fazer.

Ethan ainda parecia preocupado, mas a puxou para um abraço.

— Eu entendo — disse ele. — Vou cuidar de você. Vou estar ao seu lado o tempo todo.

Emma contraiu o maxilar.

— Na verdade, eu estava pensando nisso. Se levar você para o quarto, posso assustar Raven.

Ethan fez uma pausa, passando a mão pelo cabelo.

— Ok, e se eu esperar do lado de fora?

Eu gostava daquele plano. A última coisa de que eu precisava era que minha irmã morresse e *ambas* ficássemos no além, tentando descobrir quem nos matou.

— Feito — confirmou Emma.

— Por favor, tome cuidado, ok? — Ethan parecia preocupado. — Não sei o que faria se alguma coisa acontecesse com você.

Lágrimas inesperadas encheram os olhos de Emma.

– Eu vou ficar bem.

– Como sabe? – pressionou Ethan.

– Acho que não tenho como saber – disse Emma, mexendo no relicário de Sutton entre suas clavículas.

– Vou estar bem do lado de fora do quarto. Se você tiver um mau pressentimento ou se alguma coisa parecer errada, prometa que vai sair de lá.

Emma forçou um sorriso.

– Claro que vou.

Ethan se inclinou para a frente e a abraçou outra vez.

– Quanto tudo isso tiver acabado, pense em como vai ser mais fácil para nós – sussurrou Emma em seu ouvido. – Eu vou ser apenas... eu. E você vai ser apenas você.

Ethan apertou Emma com mais força, mas seu olhar estava em outro lugar. Um bando de vultos corpulentos se encontrava parado na porta.

– O quê...?

De repente, a música parou com um guincho. Houve um burburinho confuso. Emma e Ethan saíram de baixo das arquibancadas quando a voz de Madeline ressoou:

– Polícia!

– Todos parados! – gritou uma das figuras.

Começou um pandemônio. Alunos se empurravam em direção às portas, quase derrubando Emma no chão. Vários policiais entraram no ginásio e renderam alunos. Sirenes tocavam do lado de fora, e megafones berravam instruções para não se moverem e permanecerem calmos.

Emma agarrou o braço de Ethan.

– Vamos!

Eles atravessaram a massa de adolescentes. Garotas cambaleavam em direção à porta, instáveis sobre os saltos altos. Garotos tomavam atalhos por sobre as arquibancadas, tropeçando nos degraus. Um jogador de lacrosse que tinha bebido demais esbarrou em Emma, desprendendo sua mão da de Ethan. Ele estava se afastando dela, como um bote salva-vidas que se soltou do navio.

— Ethan! – gritou Emma.

Alunos se acotovelavam. Uma cacofonia de gritos e choro ecoava pelo ar. Alguém pegou o ombro de Emma. Ela se virou e viu os olhos de Nisha cintilando.

— Rápido! – gritou Nisha.

Emma se virou para Ethan, mas ele não estava onde ela o deixara.

— Ethan! – gritou ela. – Ethan! – Verificou seu relógio. Eram 20h40. Ela tinha que sair dali. Não podia perder o encontro com Raven.

Alunos se despejaram em um corredor que levava ao estacionamento no momento em que um carro de polícia parou cantando pneus na entrada. Virando-se, Emma correu na direção oposta, entrando por uma passagem pouco familiar. Ela não parava de olhar para os lados, esperando que Ethan aparecesse, mas ele tinha sumido. *Talvez me encontre lá fora*, pensou. *Ele sabe onde me encontrar.*

Emma continuou pelo corredor, com as sandálias de Sutton formando bolhas em seus pés. O local estava escuro, e ela mal conseguia ver um palmo à frente do nariz. Então, teve a impressão de ver uma porta no final do corredor, mas e se não levasse a lugar algum?

De repente, Emma ouviu passos atrás dela.

— Você! — chamou uma voz.

Emma se virou, reconhecendo instantaneamente a voz. *Quinlan*. Claro que seria *ele* o policial que a encontraria.

Mas ela não podia deixar que a pegasse... e não podia deixar que descobrisse onde estava. Correu mais rápido, com os pulmões doendo.

— Você aí! — A voz de Quinlan estava ainda mais perto. — Pare!

As mãos de Emma se esticaram e tocaram um objeto duro poucos segundos antes de colidir contra ele. Ela se afastou, vendo uma estante cheia de livros velhos. Apalpou os arredores em busca de uma porta, mas não havia nenhuma.

— Meu Deus — sussurrou ela. Tinha chegado a um beco sem saída.

O walkie-talkie de Quinlan chiou.

— Peguei um. — Ela o ouviu dizer.

Emma olhou para baixo, depois para cima. Seu coração se animou. Uma pequena janela brilhava a apenas alguns centímetros acima da estante. E o que era melhor: estava ligeiramente aberta. Seus dedos seguraram a fileira do meio da estante, ela apoiou os pés na fileira de baixo e começou a subir. A estrutura oscilou de um lado para outro enquanto ela escalava as prateleiras.

— Pare! — O vulto de Quinlan era visível no final do corredor. Ele estava correndo com todas as suas forças, o cassetete erguido acima da cabeça.

Emma chegou ao topo da estante e abriu a janela o máximo que pôde. O espaço tinha o tamanho exato para ela passar. Virou-se de barriga para baixo e enfiou as pernas pela janela. Seus dedos se seguraram nas reentrâncias de metal da esquadria da janela quando passou pela abertura e caiu no chão. Seus joelhos se dobraram para absorver o impacto, e suas mãos bateram com força na grama. Então ela saiu correndo. Estava *livre*. Tinha conseguido. E Quinlan não sabia quem quase pegara.

No entanto, eu não me sentia alegre por minha irmã. Enquanto observava Emma correr pela escuridão, desejei que ela tivesse se jogado diante de Quinlan e o deixado arrastá-la para o centro da cidade, mesmo que isso significasse ser presa. Conforme a observava, percebi que não queria que ela fosse ao hotel... muito menos sozinha.

Naquele quarto, havia respostas, eu simplesmente sabia disso. E, com aquelas respostas, viria o perigo.

29

INFERNO NO HOTEL

– Você está a 3,2 quilômetros de seu destino – soou a vozinha do GPS portátil no carro de Sutton. Não que Emma precisasse de orientações; via a placa de neon do Super 8 brilhando a distância. Seu estômago era uma bola de nervosismo quando ela saiu da Route 10. Em três quilômetros, teria a resposta. 2,8 quilômetros, 2,7...

Emma pegou a esquerda no cruzamento. Praticamente não havia carros por ali, as ruas estavam desertas, e os restaurantes de fast-food que ladeavam a via de mão dupla estavam sinistramente vazios. Ela passou por um Arby's, um McDonald's e uma lanchonete de aparência decadente chamada The Horseshoe, em cujo estacionamento havia algumas picapes enferrujadas. Quando uma leve garoa se transformou em chuva, ela abriu ainda mais a janela e deixou os pingos caírem sobre seus antebraços. O frio a deixava presente e focada. Ela precisava manter a compostura, não importava o que encontrasse no hotel.

Emma virou em uma estrada escura e molhada, e o Super 8 entrou em seu campo de visão. TEMOS VAGAS, anunciava uma placa na entrada. Mas o *T* e o *M* estavam apagados, e o *G* estava de cabeça para baixo.

Emma conduziu o carro de Sutton até os fundos e entrou em uma vaga. Apenas um único caminhão vermelho compartilhava o estacionamento com ela. Será que era de Raven? Ela observou com atenção a placa do Arizona, os pneus grandes, a silhueta de uma mulher nua grudada nos para-lamas. Será que ela dirigia algo assim? Enfim, Emma não sabia nada sobre aquela mulher. Podia ser qualquer uma, gostar de qualquer coisa.

Emma saiu do carro e o trancou. A chuva tamborilava sobre o lugar, e um cheiro terroso erguia-se do deserto. Ela foi para a frente do hotel e seguiu as placas até o quarto 105. Cortinas cobriam a maioria das janelas, mas as poucas que estavam abertas revelavam camas bem-feitas e cômodas de madeira de aparência velha. Havia uma embalagem de McFish amassada em um canto. Uma teia de aranha cintilava no beiral. Suas sandálias ressoavam no piso, por isso ela começou a andar na ponta dos pés, tentando amenizar seus passos.

Finalmente, Emma se aproximou do quarto 105 e parou. Seu coração batia tão forte que ela achou que podia implodir. Uma luz amarela vazava pela fenda entre as desbotadas cortinas cor de ervilha. Espiando entre elas, Emma viu que havia uma televisão ligada.

O medo me percorreu. Era isso? Minha irmã ia descobrir o que tinha acontecido? Eu sabia exatamente o que Emma esperava: uma confissão e provas concretas sobre meu assassinato. Mas qual era a probabilidade de isso acontecer?

Emma foi até a porta e bateu levemente, perguntando-se o que ia dizer quando Raven abrisse. Um longo momento se passou, mas ela não ouviu passos vindos de dentro. A garota bateu com mais força. Nada. Esmurrou a porta com tanta intensidade que o trinco cedeu, e a porta se abriu com um longo e alto *creeeek*.

Emma congelou. Um abajur de cabeceira estava aceso. A cama estava feita, com um edredom de listras verdes e amarelas e dois travesseiros finos. Não havia malas sobre o pufe nem roupas penduradas na pequena arara de metal. A TV tremeluzia alegremente, exibindo um programa de comédia tão antigo que Emma nem sequer o reconhecia. Mas o quarto estava vazio.

Ok, então vá embora, pensei, nervosa. *Saia logo daí.*

Emma olhou para trás, depois entrou. Um leve cheiro de cigarro e pão dormido entrou em suas narinas.

– Olá? – chamou ela em tom suave. – Tem alguém aí?

Com o corpo inteiro tremendo de nervosismo, ela passou pela televisão e foi em direção à porta do banheiro, que estava fechada.

– Raven? – Ela pressionou o ouvido contra a porta, tentando captar algum movimento. – Raven? – Emma abriu a porta. Minúsculos frascos de xampu e condicionador do hotel cobriam a pia. Havia um sabonete novo na prateleira, juntamente com uma lâmina de barbear descartável. Ela foi até o chuveiro e, com um lampejo de medo, puxou a cortina para o lado. Nada. Abriu o armário de compensado sob a pia, esperando encontrar algum tipo de nécessaire ou item pessoal guardado ali, mas, com exceção de um desentupidor de pia e um rolo de papel higiênico, estava vazio.

Ela voltou para o quarto e olhou o armário. Havia cabides vazios e um ferro de passar. As gavetas da cômoda estavam vazias também.

Ela não está aqui, pensou Emma, decepcionada. Passando os dedos pelo cabelo, sentou-se na cama, tentando se situar. Seu olhar se fixou em um telefone creme na mesinha de cabeceira. A luz indicadora de mensagem não estava piscando. Será que isso significava que Raven ouvira seu recado? Tinha ido embora para evitar ouvir a "informação" que Emma havia prometido sobre o sr. Mercer?

Um carro que passava do lado de fora roncou baixo, desencadeando outra onda de medo em Emma. Levantando-se do colchão, ela foi até a porta na ponta dos pés, parando a fim de desligar a TV. Nesse momento notou uma caixa de fósforos sobre o aparelho, com a tampa levemente aberta e vários fósforos arrancados. Na frente dizia: THE HORSESHOE. Rabiscado em caneta preta do lado de dentro, liam-se duas palavras. *Me encontre.*

O coração de Emma saltou. Ela releu o bilhete, pensando em um milhão de possibilidades. A mensagem era de Raven? Talvez ela não achasse que um encontro no hotel fosse seguro. Talvez tivesse medo de ser pega ou de que houvesse alguém (o sr. Mercer?) observando.

Enfiando a caixa de fósforos na bolsa de mão, Emma saiu do quarto e bateu a porta. Correu pelo corredor, ansiosa para chegar ao carro. A lanchonete Horseshoe ficava muito perto, passara por ela no caminho. Logo estaria lá.

No meio do estacionamento, feixes brilhantes de faróis se acenderam. Emma parou e protegeu os olhos. Em uma das vagas do meio, havia um SUV que não estava ali quando ela entrara no quarto. Quando seus olhos se ajustaram, um bolo se formou em seu estômago.

Era o sr. Mercer.

30

CORRIDA À LANCHONETE

A porta do carro se abriu antes que Emma conseguisse fugir. Ela se encostou à parede do hotel quando o pai de Sutton desceu do carro. Seu rosto era uma máscara contorcida de frustração e fúria.

– O que acha que está fazendo aqui? – berrou ele.

Emma tentou gritar, mas não saiu nada. Imagens do que o sr. Mercer poderia fazer passaram de relance por sua cabeça.

– Me deixe em paz! – disse ela com voz fraca e baixa.

– Entre no carro! – vociferou o sr. Mercer.

Emma foi se esgueirando pela lateral do hotel, junto a uma janela, tateando o caminho com os dedos úmidos. Talvez conseguisse se misturar às sombras e então correr. Ir à Horseshoe, falar com Raven, chamar a polícia...

– Eu *disse* entre no carro!

Emma virou as costas e saiu correndo. Houve um baque atrás dela, e ela ouviu o som de passos. Os pés de Emma batiam com força contra o asfalto, e, quando seu calcanhar esquerdo virou, ela estremeceu, mas continuou em frente. No entanto, os passos se aproximavam. Quando se atreveu a olhar para trás, viu o sr. Mercer a apenas alguns metros de distância.

Vá!, gritei. *Fuja!*

A garganta de Emma queimava enquanto ela ofegava por ar. Sombras escuras dançavam pelas paredes do hotel. Ela estava tão perto de seu carro... faltavam apenas alguns metros para poder se trancar dentro dele. Ela dobrou a esquina, chegando ao estacionamento de trás, e correu o último trecho. Por sorte, conseguiu abrir a porta e colocar a chave na ignição antes que o pai de Sutton a alcançasse. O som do motor encheu-a de alívio.

Ela deu ré e acelerou em direção à saída. Pelo retrovisor, viu o sr. Mercer apoiar as mãos nos joelhos. Ele parecia estar ofegante, com dificuldade para recuperar o fôlego. Que bom, pensou Emma quando saiu às pressas do estacionamento do hotel.

Virou à esquerda na rua principal e pisou fundo no acelerador. Levou o carro ao limite e apertou o volante. A lanchonete estava à frente, e ela fez a última curva, cantando pneus ao entrar no estacionamento. Esse lugar tinha que ter as respostas de que precisava. Raven tinha que estar ali. Porque se não estivesse... o que faria em seguida? Ela não podia voltar para a casa dos Mercer. Disso tinha certeza.

Lide com tudo isso depois, pensei. *Simplesmente entre.*

A lanchonete era comprida e estreita, com um exterior cinzento e sem graça, cercas vivas que precisavam de poda e janelas que mostravam clientes comendo batatas fritas, bebendo café ou olhando o cardápio. Luzes fracas tremeluziam sobre a porta, e cactos murchos ladeavam a calçada. Emma parou no estacionamento atrás da lanchonete; não queria que o sr. Mercer visse o carro de Sutton quando voltasse para casa.

A chuva tinha parado quando ela saiu do carro e correu em direção à entrada. Um sininho tilintou na porta, e o cheiro de ovos e bacon gorduroso era enjoativo. Atrás do balcão, uma fila de cozinheiros virava hambúrgueres, e garçonetes iam de mesa em mesa com bules de café e bloquinhos para anotar os pedidos.

— Posso ajudá-la? — Uma recepcionista de olhos sonolentos e cabelo crespo apoiava-se no palanque da recepção. Ela olhou Emma de cima a baixo com curiosidade, sem dúvida se perguntando o que uma garota de vestido de festa cor-de-rosa e caro e maquiagem borrada estava fazendo em uma lanchonete decadente em uma noite de sexta.

— Ahn, vim encontrar uma pessoa — murmurou Emma. — Vou me sentar.

A recepcionista deu de ombros.

— Você é quem sabe.

Poucas mesas estavam ocupadas, e as que estavam tinham vários clientes: três garotas adolescentes, um casal mais velho de mãos dadas sobre a mesa e dois caras com bonés de caminhoneiro vermelho-vivos tomando café. Ninguém se parecia remotamente com uma mulher com quem o sr. Mercer teria um caso; além disso, ninguém a estava observando com atenção ou preparando-se para o confronto.

Emma passou com o coração acelerado pelas mesas. Havia uma porta onde se lia SENHORAS no final do corredor.

Emma passou por ela, enrugando o nariz por causa do cheiro forte de aromatizador de limão.

– Olá? – chamou ela com a voz ecoando nos ladrilhos cor-de-rosa. – Tem alguém aqui?

Olhou por baixo das cabines, procurando por pés, mas estavam vazias.

Voltou-se para a pia e jogou água no rosto. Será que Raven deixara o bilhete para outra pessoa? Será que alguém tinha escrito a mensagem na caixa de fósforos e dado a Raven? Será que ela havia chegado a um beco sem saída novamente?

Ela olhou seu reflexo e viu tanto a si mesma quanto à irmã olhando para ela. *Não vou decepcionar você, Sutton*, disse Emma em silêncio.

Ela saiu do banheiro e foi até o caixa. Uma mulher acima do peso com cabelo louro e ralo estava digitando em uma calculadora.

– Posso ajudá-la? – perguntou ela, por fim, com uma voz entediada.

Emma se empertigou ao máximo.

– Meu nome é Sutton Mercer.

– Parabéns – disse a mulher sem se deixar impressionar.

Emma enrolou uma mecha de cabelo no dedo, sentindo-se uma idiota.

– Ahn, eu vim encontrar Raven Jannings, mas parece que ela já foi. Então queria saber se deixou alguma coisa para mim.

A expressão da mulher suavizou-se repentinamente.

– Raven? – Ela ergueu os olhos para o grande relógio que pendia acima da entrada da cozinha. – Ela acabou de sair.

A garganta de Emma ficou seca.

– Ela estava aqui?

— Sim. — A mulher assentiu. — E você ia encontrá-la?

— Isso mesmo.

Já sem fôlego, esperei.

A mulher encarou Emma por um instante, como se tentasse descobrir se ela estava falando a verdade, depois enfiou a mão sob uma pilha de notas de vinte na caixa registradora e tirou um envelope.

— Ela deixou isto para você.

Emma sentiu um frio na barriga.

— Obrigada – disse, pegando-o das mãos dela. Emma olhou em volta, sentindo que estava sendo observada. As adolescentes da mesa a encaravam, assim como o senhor no balcão. Aquele lugar era público demais para examinar o que Raven tinha deixado. Ela tinha que ir embora.

Abriu a porta e sentiu o ar úmido pós-chuva envolver seu corpo. Quando voltou ao carro de Sutton, rasgou o envelope com os dedos trêmulos. Dentro, havia um bilhete com uma foto polaroide pregada em cima. A princípio, quando Emma olhou para a foto, ficou perplexa, certa de que algo tinha falhado em seu cérebro. A qualidade não era perfeita, mas Emma reconheceu o rosto fino, o nariz torto, as maçãs do rosto sobressalentes e o cabelo preto. Ela ligou a luz do teto e olhou com mais atenção, mas os traços eram os mesmos. Não *podia* ser.

Também fiquei olhando boquiaberta, e minha mente faiscou e se expandiu. Uma nova lembrança se formava, e me vi voltando no tempo.

31

DESPEDIDA FATAL

O SUV de meu pai acelera pelo terreno, atropelando pedras e espinhos de cactos. Tropeço em pequenas elevações e plantas isoladas, correndo para a escuridão. E se meu pai tiver perdido a cabeça? As coisas têm estado tensas nos últimos tempos, mas nunca percebi que poderiam chegar a esse ponto.

A lua passa atrás de uma nuvem, e meus olhos começam a me pregar peças. Galhos retorcidos ganham formas fantasmagóricas. Viro para a direita e, quando penso que me livrei dele, meu pé bate contra uma rocha e sou arremessada para o ar. Estendo as mãos para amparar a queda. O sangue lateja em meus ouvidos. Sinto a pele pinicando onde me cortei e sei que estou sangrando. Mordo o lábio para não chorar.

Meu pai para o carro a meu lado.

— Sutton! — diz ele da janela aberta. — Você está bem?

As palmas de minhas mãos e meus joelhos ardem quando me levanto do chão e tento me equilibrar. Um pássaro grita no ar. O único outro som que ouço é o vento assobiando sobre a terra e entre os cactos. De repente, me sinto muito exposta... e encurralada.

— Por que está fugindo de mim? — grita meu pai. Os nós de seus dedos estão brancos no volante. — E cadê o Thayer?

Olho para ele, surpresa. Você sabe onde Thayer está, *desejo dizer. Contudo, por mais estranho que pareça, a expressão dele é inocente e preocupada.*

Dou um ou dois passos para trás, confusa.

— Thayer deixou você aqui sozinha? — Meu pai parece chocado.

Quanto mais olho para ele, mais confusa fico. Apesar da camada de poeira em suas roupas e das rugas da testa, ele parece meu pai outra vez, não um maníaco ensandecido. E sua confusão parece genuína. Será possível que fosse outra pessoa? Mas quem tentaria ferir Thayer?

— Ahn... — *Não sei se conto ao meu pai o que aconteceu. De repente, nem sei ao certo* o que *aconteceu.*

Meu pai suspira.

— Não vou falar de novo. Entre no carro, Sutton. É perigoso ficar aqui à noite. Você pode se machucar.

A exaustão me domina e contorno o carro para entrar. Quando descemos lentamente a colina, percebo que eu não estava longe da rua principal. Agora vejo com clareza o condomínio do outro lado do cânion. Ethan Landry está sentado na varanda, mexendo com seu telescópio e, provavelmente, torcendo para ter uma visão melhor da lua cheia. Os nerds que curtem ciência gostam desse tipo de coisa. Na casa ao lado, todas as garotas da equipe de tênis estão no gramado de Nisha, fumando em segredo. Sinto uma pontada de culpa; eu deveria estar ali hoje para nossa festa do pijama de retorno às aulas, mas tinha escolhido Thayer. E veja o que aconteceu com ele por causa disso.

— O que você está fazendo aqui? — pergunto. — Por que nos perseguiu?

Meu pai parece frustrado.

— Eu queria lhe contar a verdade, mas você fugiu antes de me dar essa chance.

— A verdade sobre... o quê?

— Sobre a mulher com quem eu estava — diz meu pai. Seu corpo está tenso quando ele se curva para a frente e segura o volante.

Eu me viro para meu pai. Minha pulsação se acelera quando junto as peças. Era por isso que Thayer tinha me arrastado do patamar e praticamente me empurrado trilha abaixo. Meu pai estava com outra mulher no Sabino Canyon. Alguém que não era minha mãe.

— Outra mulher? — guincho.

— Posso explicar, Sutton — insiste meu pai. — Não é o que parece.

Sei exatamente o que parece: o que é. O Sabino Canyon é o lugar perfeito para ter um caso secreto. É super-romântico e muito isolado. Foi por isso que eu trouxe Thayer aqui hoje.

— Você está traindo a mamãe — disparo. — O que mais pode explicar? Não preciso saber dos detalhes nojentos, como que tipo de lingerie sua amante vadia prefere. — Meus dedos seguram a maçaneta.

Meu pai arregala os olhos.

— Sutton — diz ele, segurando minha mão. — Não é nada disso. — Seu pé aperta o acelerador, e ele faz uma curva fechada abrupta com o SUV. Estamos voltando para o Sabino Canyon.

— Para onde estamos indo? — grito. O carro sacoleja ao entrar e sair de um buraco na terra, me desequilibrando. Meu cotovelo bate na janela. — Me deixe sair!

— Sutton, se puder me dar um segundo, explico tudo. — Ele trafega pela estrada cheia de pedras, com o olhar vidrado no para-brisa. Meu nervosismo aumenta quando ele entra no estacionamento do Sabino em alta velocidade e derrapa sobre o cascalho. Meu pai pisa no freio, e o carro para. Então olha em volta como se estivesse procurando alguém. Tirando o mesmo carro marrom enferrujado, o estacionamento está vazio.

— Pai? — pressiono. — O que está acontecendo, afinal?

— Não é o que você pensa... não estou tendo um caso. — Meu pai coloca o carro em ponto morto. — Sei que você anda curiosa em relação a sua mãe biológica há algum tempo. E sei que o fato de sua mãe não querer falar sobre o assunto foi o que a afastou de nós neste último ano. — Ele fecha os olhos e respira fundo. — O nome daquela mulher que você viu comigo hoje é Raven, mas antes ela atendia por Becky. Sutton, ela é... sua mãe.

Eu o encaro. Demoro alguns segundos para absorver as palavras.

— O quê? — E então: — Você está tendo um caso com minha mãe?

— Não! — O sr. Mercer balança a cabeça rapidamente. Seus olhos claros me encaram. — Ela é sua mãe... e minha filha. O que significa que você é minha neta.

De repente sinto que minha mente não está funcionando. Como se sinapses estivessem sendo disparadas em todas as direções erradas.

— Do que está falando? — sussurro.

— Kristin e eu tivemos Becky quando éramos muito novos — conta lentamente meu pai, analisando meu rosto como se avaliasse quanto posso aguentar. — E Becky era muito jovem quando a teve. Você tinha apenas algumas semanas quando ela a deixou conosco.

Ele abre a mão e a estende para segurar a minha, mas fecho o punho na lateral do corpo.

— *Sua mãe... sua avó... e eu nos mudamos da Califórnia para o Arizona a fim de recomeçar. Becky está na cidade há alguns meses, e ela e eu temos conversado em segredo. Acho que a vovó, sua bisavó, já descobriu, mas se sua mãe algum dia descobrir... —* Ele balança a cabeça. *— Então, quando vimos você hoje, bem, entramos em pânico. — Sua voz é oca e distante, como a de alguém que está falando do outro lado de um corredor. — Mas, se quiser conhecê-la, ela está ali naquela trilha. — Através do para-brisa, ele aponta para uma trilha escura. — Pedi que esperasse, que eu ia tentar encontrar você. Podemos subir juntos. — Ele sorri gentilmente para mim, esperançoso. E é aí que perco a cabeça.*

— Está brincando comigo? Não vou a lugar nenhum com você! — rosno. — E não tenho nenhum desejo de conhecer a mulher que me entregou sem pensar duas vezes.

Ele tenta pegar minha mão, mas me jogo contra a porta do carro.

— Não se atreva a encostar em mim! — Ergo ambas as mãos. — Afaste-se!

Ele arregala os olhos.

— Sutton!

Mas me debato como um animal. Eu me sinto como um animal, um tigre enjaulado. Abro a porta do carro, desço e cambaleio para trás.

— Que merda de história! — grito. A palavra paira no ar, é um insulto... eu nunca a tinha usado com tanta ênfase na frente do meu pai.

Mas ele nem pisca. Pelo contrário, uma expressão de profunda tristeza e decepção atravessa seu rosto.

— Está bem, Sutton — diz ele em voz baixa. — Desculpe. Não planejei que você descobrisse assim. Vamos para casa.

— Para casa? Com você? Acha mesmo que você não tem culpa em tudo isso? — Mal consigo ficar de pé. — Esperou até agora para me

contar que é meu avô? Passou dezoito anos escondendo um segredo enorme de mim! Perguntei um milhão de vezes para você e a mamãe quem eram meus pais biológicos e vocês mentiam sempre, dizendo que não sabiam! Ser meu parente, ser meu avô, era tão horrível que você precisou fingir que eu era adotada?

— Sutton. — *Meu pai suspira.* — Por favor.

Mas me afasto do carro com o coração acelerado.

— Não vou voltar para casa com você hoje. Na verdade, acho que não vou voltar para casa por um tempo. E, se sabe o que é melhor para você, vai me acobertar para a mamãe... ou será que eu deveria dizer vovó?

Viro as costas e saio correndo. Estou ardendo de fúria. Mal posso esperar para fugir dali.

— Sutton! — *chama meu pai com a voz carregada de preocupação.*— Para onde você está indo?

— Tenho amigas — *disparo.* — Pessoas que não mentem para mim.

Enfio a mão no bolso para pegar meu telefone e o seguro com força enquanto continuo a correr. Meus braços acompanham o ritmo de minhas passadas enquanto atravesso o terreno. Posso ligar para Madeline; afinal, ela passou a noite me ligando.

Estou na metade da ladeira quando meu pai grita meu nome mais uma vez.

— Sutton, por favor!

Viro-me e o encaro com ódio.

— Não se atreva a vir me procurar.

— Sutton — *chama ele com a voz suave, e a palavra soa como um lamento. Seus ombros se curvam de derrota.* — Estou pronto para conversar quando você estiver — *acrescenta ele em tom triste.* — Sei que é pedir muito, mas, por favor, não conte nada a sua mãe, ok? Isso a destruiria.

– *Com prazer!* – *grito.* – *Porque ela* não é minha mãe! *E você não é meu pai.*

Ele se retrai como se eu tivesse lhe dado um tapa. Nunca o vira tão triste. Desapareço colina acima, depois ouço a porta de seu carro bater e o motor ser ligado. Quando o carro passa por cima do topo e desaparece pela autoestrada, peço a Deus que nunca mais o veja.

32

A CLÁUSULA DO AVÔ

Com dedos trêmulos, Emma desprendeu a foto da mãe que ela não encontrava havia treze anos e olhou o bilhete sob ela. Seus olhos percorreram as palavras, mal acreditando nelas.

Reconheci sua voz na secretária eletrônica imediatamente. Queria que as coisas tivessem sido diferentes naquela noite no cânion, mas não há nada que você possa me contar sobre meu pai, seu avô, que eu já não saiba. Se tiver perguntas, faça a ele. É um bom homem.

Não há nada que eu possa lhe dar além desta foto minha, de quando eu tinha sua idade, e de um conselho: morar com seus avós lhe dá todas as oportunidades do mundo. Nunca valorizei isso, mas não é tarde demais para você. Seja esperta. Aproveite essas oportunidades e não cometa os mesmos terríveis erros que cometi e que mudaram minha vida.

Raven Jannings (Becky Mercer)

Raven era... *Becky*? E Becky era filha dos... Mercer? E a vovó Mercer era *bisavó* de Sutton e Emma?
Sim, sussurrei. *É uma merda de história, mas é verdade.*
— Meu Deus — sussurrou Emma. Becky. Ela não conseguia acreditar. A própria mãe era parente dos Mercer. E estivera ali momentos antes. Como acontecera ao longo de toda a vida de Emma, Becky estava muito perto e muito longe ao mesmo tempo. Um espectro, uma lembrança.
Emma leu novamente a carta. "Naquela noite no cânion" era exatamente a mesma frase que o sr. Mercer usara quando a encurralou no estacionamento da escola.
De repente, uma fenda se abriu em sua mente, e as peças começaram a se encaixar. Thayer vira o sr. Mercer com uma mulher... Becky. Mas ele não estava tendo um caso com ela; eles estavam se encontrando porque ela era sua *filha*. E parecia que o sr. Mercer e Becky tinham dito a verdade a Sutton. Será que ela ficara tão chocada ao descobrir a verdade que fugira só para morrer logo depois? De um jeito ou de outro, parecia que estava completamente errada em relação ao sr. Mercer. Becky dissera que ele era um bom homem. Talvez seu desconforto com Emma e seu aviso para cooperar tivessem sido por causa do que ele contara a Sutton.
Não foi ele, tentei dizer a ela. *Eu fugi dele. Fugi do homem que poderia ter me levado para casa em segurança.*

Bateram de leve na janela do Volvo, e Emma se sobressaltou. O pai de Sutton erguia-se diante dela. Seus olhos escuros piscavam, e a testa estava franzida com uma combinação distinta de tristeza, preocupação e exaustão.

Emma enfiou o bilhete na bolsa de mão, depois se atrapalhou com a alavanca da porta. Houve um clique quando a janela começou a se abrir. Ela não tinha mais medo dele. Estava apenas cansada e confusa.

– Como soube que eu estaria aqui?

Analisei o homem que eu crescera pensando que era meu pai adotivo, observando os contornos do rosto que conhecia tão bem. Não sabia quanto tempo levaria para me ajustar à ideia de que ele era meu avô biológico, mas, olhando com atenção, comecei a ver similaridades entre nós dois... bem, contando com Emma, entre nós *três*. Tínhamos o mesmo nariz arrebitado. O mesmo queixo pontudo. As mesmas mãos longas e finas. Como eu podia não ter notado antes?

O sr. Mercer baixou a cabeça e apoiou as mãos na porta do Volvo.

– Ela... Becky... me ligou, dizendo que você queria marcar um encontro no hotel. Ela não estava no quarto, mas esta é a lanchonete preferida dela.

Emma assentiu.

– Ela deixou no quarto uma caixa de fósforos com um bilhete dizendo 'me encontre'.

O sr. Mercer balançou a cabeça.

– Ela sempre adorou caças ao tesouro – disse ele com um sorriso melancólico.

Emma também sorriu. Becky brincava de caça ao tesouro com ela no pátio do prédio onde moravam, deixando um pouco de alpiste sobre a mesa como pista para olhar o alimentador de pássaros no canto, e depois um pedaço do *TV Guide* no alimentador de pássaros como pista para Emma olhar em cima da TV e daí por diante.

– Ela estava na lanchonete? – perguntou o sr. Mercer, interrompendo os pensamentos de Emma.

Emma balançou a cabeça devagar.

– Não, só deixou um bilhete. E uma foto.

Uma rajada de vento desgrenhou o cabelo curto do sr. Mercer, fazendo-o se arrepiar. Ele olhou pela janela da lanchonete antes de se virar para encarar Emma.

– Posso me sentar com você? Só por um minuto? – perguntou.

Emma assentiu. Ela fechou a janela enquanto o sr. Mercer passava pela frente do carro e abria a porta do carona.

O sr. Mercer soltou um suspiro e fixou os olhos no porta-luvas. Suas mãos estavam pousadas no colo, fazendo-o parecer um menino.

– Eu deveria ter tido uma conversa séria com você após aquela noite – disse ele finalmente. – Não deveria tê-la deixado fugir. Sobretudo depois que o Thayer a deixou lá sozinha. – Seus olhos ficaram sombrios quando mencionou Thayer.

Emma assentiu em silêncio. As palavras dele confirmavam sua suspeita: ele tinha explicado a situação de Becky na noite da morte de Sutton, e minha irmã tinha fugido, furiosa e triste. E se o sr. Mercer achava que Thayer a deixara no cânion, então não o atropelara com o carro de Sutton. Na verdade, isso também explicava por que ele odiava tanto Thayer: achava que tinha largado sua filha no Sabino Canyon.

— Mas, logo depois de você sair correndo, fui chamado para uma cirurgia de emergência — continuou o sr. Mercer. — Detestei deixá-la ali, mas você estava tão zangada. Achei que seria mais fácil conversar depois que você tivesse um pouco de espaço. Quando voltei do hospital naquela noite, comecei a lhe escrever uma carta. Talvez, se eu explicasse as coisas claramente, você entenderia por que não contei por tanto tempo. — Ele se voltou para Emma. — Não foi porque tinha vergonha de você; foi por querer protegê-la de sua mãe. Eu amo você mais do que você imagina. Você é *minha* filha e a amei desde que Becky a deixou em nossa casa.

Emma inclinou a cabeça, absorvendo as palavras.

— Você escreveu uma carta?

O sr. Mercer se remexeu no banco.

— Mas não terminei. No dia seguinte, você agiu como se nada tivesse acontecido, e fiquei sem saber o que fazer. Mas *posso* terminar se você quiser. Ou, se você se sentir mais preparada agora, podemos simplesmente conversar.

A mente de Emma zumbia. Se ele fora chamado para uma cirurgia, tinha um álibi sólido e facilmente verificável. Seria impossível assassinar Sutton enquanto estava na sala de operações. Além disso, ela não sabia que motivo ele teria para matar Sutton. Era seu avô. O segredo que tentava guardar era pelo bem *dela* e de *Becky*, não pelo dele.

Meu alívio ao saber que meu pai não tinha me matado era como uma chuva fresca sobre a pele: purificadora e revitalizante. Meu pai voltara a ser meu pai, alguém que eu podia amar, alguém de quem eu podia sentir saudades sinceras. Parecia que meu coração partido tinha se curado. E Emma estava certa: *não* fazia sentido ele me matar. Eu via em seu rosto que ele me amava mais do que as palavras podiam explicar. Também via que a tensão entre nós estava acabando com ele, que a única coisa que desejava fazer era finalizar aquele impasse e resolver as coisas.

No entanto, a lembrança me veio à mente, e senti uma forte pontada de arrependimento. As últimas palavras que dissera ao homem em quem eu pensava como pai, meu verdadeiro *avô*, tinham sido cheias de ódio. Quem dera poder voltar e mudar as coisas. Mudar *tudo*.

O sr. Mercer ajustou suas pernas no chão do carro.

– Sabe, Becky gostava muito de você do jeito falho dela – continuou ele. – Quando voltamos a ter notícias dela, alguns meses depois, fiquei muito animado. Kristin tinha se cansado das mentiras, mas eu nunca tive coragem de virar as costas para minha filha. Pais e filhas... sabe? – Ele desgrenhou o cabelo dela com delicadeza.

Emma assentiu, perguntando-se como tinha sido para eles tantos anos atrás, quando Becky aparecera com um bebê. Ela devia ter a idade de Emma. Emma se perguntou por que Becky não tinha contado sobre ela, a outra neta deles, e por que só entregara uma das filhas. Talvez tivesse achado que poderia ser uma boa mãe para apenas uma menina. Mas, claro, quando Emma tinha cinco anos, Becky desistiu totalmente da maternidade.

– Nunca consegui apagá-la por completo – continuou o sr. Mercer. – Mas ela era problemática, Sutton. Sempre foi. Eu lhe dou dinheiro de vez em quando, mas isso não resolve nada. Só piora.

Uma névoa cobriu seus olhos, e ele piscou, parecendo estar à beira das lágrimas.

— Sempre me senti muito culpado. Como se tivesse sido algum erro que eu e sua mãe tivéssemos cometido como pais. — Seus ombros largos se curvaram como se o peso da tristeza fosse demais. — A situação toda tem sido... insuportável. — De repente, sua voz assumiu um tom de pânico. — Amo a Becky, mas ela tornou nossa vida muito dolorosa algumas vezes. E o jeito como tratou você...

Lágrimas vieram aos olhos de Emma. Ela sabia muito bem como Becky era problemática, vivera com ela por quase cinco anos e sentia saudades dela todos os dias. Afinal, era sua *mãe*, e esse é um laço difícil de romper.

Emma ergueu o rosto para o sr. Mercer, seu avô, mexendo na carta de Becky em sua bolsa aberta. Se ao menos pudesse contar a ele a peça final do quebra-cabeça: que ele tinha outra neta, a gêmea de Sutton. Mas até o assassino de Sutton ser encontrado, ela não podia contar. Seria a principal suspeita, a garota pobre que roubara a vida da irmã gêmea para sair do sistema de adoção. Voltara à estaca zero.

Não por completo. A lua emergiu de um aglomerado de nuvens e pairou no meio do para-brisa. Ela olhou para o mesmo céu que ela e a irmã gêmea tinham compartilhado por tantos anos sem saber, o céu que Emma observara desejando uma família. Ela havia perdido Sutton e Becky, mas encontrara sua família. Sua verdadeira família. Uma avó e um avô. Uma bisavó. E uma *tia* em Laurel.

Ela se inclinou para o avô e o abraçou. Ele soltou um longo suspiro, apertando-a com força. O carro fez um som metálico quando o peso deles se deslocou.

— Me conte um pouco sobre ela? perguntou Emma encostada ao peito do sr. Mercer. — Sobre minha mãe. — Havia muito de Becky que ela não sabia, muitos detalhes que desejava saber, muitas perguntas que a tinham atormentado por treze anos. – Como ela era quando criança? – perguntou Emma. – Eu faço você se lembrar dela? – Sua voz estava tão embargada pelos soluços que ela mal conseguia falar.

Quando o sr. Mercer a puxou mais para perto, Emma sentiu lágrimas em suas bochechas também.

– Claro – disse ele, passando as mãos pelo cabelo de Emma. – Vou lhe contar qualquer coisa que queira saber.

33

ELA ESTÁ DE VOLTA

No dia seguinte, Emma estava sentada em um café ao ar livre em um centro comercial a alguns quarteirões da casa dos Mercer, com o laptop de Sutton a seu lado. No Twitter, ela olhava os tuítes com hashtag #BAILESECRETODOHOLLIER. Se os tuítes servissem de indicador, o baile fora um completo sucesso (todos estavam falando da música, da comida, das ficadas e até da fuga por um triz da polícia). Poucas pessoas foram pegas naquela noite. Os policiais acabaram soltando todos, e até então ninguém havia contado que o Jogo da Mentira fora o responsável pela organização. Emma e as amigas estavam a salvo por enquanto.

Eu esperava que continuassem assim.

– Sutton? – A voz do sr. Mercer sobressaltou Emma. Ela desviou os olhos do computador e o viu andando em direção a ela, saindo da Home Depot, do outro lado do estacionamento, com uma pá na mão.

– Oi, pai – disse ela, relaxando os ombros. Havia ligado para o hospital na noite anterior e confirmado que ele estava em cirurgia na noite da morte de Sutton. Era bom não temer a presença dele, e sim recebê-la de braços abertos.

Não me *diga*.

O sr. Mercer parou ao lado da mesa. Passou uma das mãos pelo cabelo grisalho.

– Sua mãe disse que você estava aqui. Tenho que limpar o jardim, retirar algumas ervas daninhas, mas estava pensando que, se você não estiver ocupada, talvez pudéssemos fazer uma caminhada mais tarde. Explorar um cânion diferente, aonde ainda não tenhamos ido.

Emma não conseguiu evitar o sorriso que iluminou seu rosto. Parecia um código para falar mais sobre Becky. Eles haviam tido uma longa conversa na noite anterior, e Emma descobrira muito sobre a mãe. Por exemplo, que ela assistia a *Cinderela* cinco vezes seguidas quando era pequena, comemorando quando a fada-madrinha a transformava em princesa. Que gostava de sorvete de pêssego, também o sabor preferido de Emma. Que adorava a escola até mais ou menos o oitavo ano, quando ficou meio rebelde, e que tinha fugido de casa durante o ensino médio... e voltado grávida.

Havia muito mais perguntas a fazer, muitas coisas que Emma ainda não se atrevera a questionar. Como por que a expressão do sr. Mercer se obscurecera quando Emma tentara falar sobre os problemas em que Becky se metia. Ou por que a sra. Mercer não queria mais nenhuma ligação com ela. Becky era sua *filha*... será que podia ser tão insensível? Ou será que

Becky tinha feito alguma coisa tão horrível com ela que a sra. Mercer simplesmente não conseguia perdoá-la?

— Vamos, sim — respondeu Emma. Ela estava prestes a sugerir uma trilha nas Catalinas, da qual Madeline lhe falara, quando uma BMW azul saiu da rua principal, entrando no estacionamento. Emma virou-se e observou o carro de Thayer parar diante do café.

Os olhos do sr. Mercer se estreitaram. Quando o garoto o viu, empalideceu, e Emma achou que ia virar as costas e partir. Mas ele colocou o carro em ponto morto e desligou o motor. A porta do motorista se abriu, ele saiu do carro e foi até Emma.

O sr. Mercer o encarou.

— Achei que tivesse falado para manter distância dele, Sutton. — Ele apertou com mais força o cabo da pá. Era o tipo de coisa que teria apavorado Emma apenas um dia antes, mas, agora que sabia a verdade, parecia até engraçado: seu avô segurando uma pá e gritando com um cara que considerava problemático.

Emma apertou seu braço.

— Está tudo bem — disse ela com delicadeza. — Eu o convidei. Ele é legal... juro. E, só para você saber, ele não me largou sozinha no cânion naquela noite. Ele se feriu e teve de ir para o hospital. Eu o obriguei a ir.

O sr. Mercer lançou um olhar desconfiado a Thayer.

— Tudo bem. Mas vou ficar de olho em você, entendeu? — ameaçou, apontando a pá para ele antes de ir para o carro, parado a algumas lojas de distância.

Thayer parecia abalado quando se sentou ao lado de Emma.

— Não sei se é uma boa ideia. Tenho pensado em ir à polícia para contar o que aconteceu comigo no cânion. Ele fixou os olhos em um hipster de vinte e poucos anos de chapéu Fedora que entrava no café, como se temesse a reação de Emma.

— Foi por isso que o chamei aqui – disse Emma em tom urgente. — Não foi meu pai que o atropelou naquela noite. Foi outra pessoa.

Thayer levantou o rosto abruptamente e a olhou nos olhos.

— Tem certeza?

— Absoluta. Na verdade, descobri uma coisa louca. – Emma tomou um grande gole de chá gelado. – Meu pai é meu *avô* biológico. A mulher com quem estava naquela noite é minha mãe biológica. *Filha* dele.

Thayer arregalou os olhos. Por um instante, pareceu não acreditar muito. Ou talvez temesse que fosse mais um trote.

— Estou falando sério – apressou-se Emma. – Eles estavam se encontrando em segredo, e nós os surpreendemos.

Thayer estava perplexo.

— Está dizendo que sua mãe biológica estava aqui e não tentou ver você?

Lágrimas de mágoa fizeram os olhos de Emma arder. Muitas vezes, imaginara Becky voltando para sua vida, encontrando-a, pegando-a no colo e lhe dizendo que tudo ia ficar bem. Mas depois pensou no bilhete que a mulher tinha deixado na lanchonete. Ela não queria nada com as filhas... não ficara na lanchonete. Não tinha "nada para dar".

— Ela simplesmente me deixou e nunca mais voltou – soltou Emma, pensando no dia horrível em que Becky a abandonara na casa da vizinha. – E *continua* não querendo me ver. – Uma lágrima desceu por sua bochecha.

Thayer se aproximou e passou os braços ao redor dela.

– Ah, Sutton.

– Está tudo bem – disse ela, enxugando as lágrimas de suas bochechas.

– Laurel sabe de tudo isso? – perguntou ele em tom suave.

Emma balançou a cabeça.

– Não. E minha mãe também não sabe o que aconteceu. – De repente, ela sentiu um frio na barriga. – Você não pode contar a Laurel. Tem que me prometer.

– Sutton – disse ele em voz baixa. – Você sabe que pode confiar em mim. – Ele observou Emma com atenção. – Mas o que isso significa? Quem me atropelou com seu carro?

– Não sei – murmurou Emma. – Tem certeza de que viu um homem ao volante?

Thayer estreitou os olhos, pensando.

– Não tenho muita certeza – respondeu lentamente. – Só presumi que era seu pai, já que ele estava nos perseguindo. Foi tudo muito rápido. Acho que a pessoa tinha cabelo escuro, mas não cheguei a ver o rosto.

Emma teve um calafrio. Era só um ladrão de carros... ou alguém ligado ao caso?

Nesse momento, o escapamento de um carro estourou, emitindo um estampido, e Emma levantou o rosto repentinamente. Um carro marrom enferrujado entrava devagar no centro comercial. Foi parando na frente de cada loja. Thayer franziu a testa e se inclinou para a frente.

– Será que essa pessoa está procurando alguém?

Emma também se inclinou para a frente quando o carro se aproximou do café. Alguém os encarava sobre o painel. Sua boca estava contraída, os olhos, arregalados, e o rosto tinha uma expressão sinistra. Era ameaçadora, selvagem e furiosa. Então Emma viu os olhos, o nariz familiar, as maçãs do rosto sobressalentes.

– Ah, meu Deus – Emma e eu sussurramos em uníssono.

Era Becky.

34

MAMA DRAMA

O tempo parou quando o carro de Becky passou devagar pelo estacionamento. Olhei para aqueles olhos vazios, para aquela boca aberta, tentando reconhecer algo de mim nela, mas tudo o que vi foi uma mulher desvairada. Alguém perturbado. Alguém que definitivamente tinha problemas.

E grandes segredos.

De repente, quando Becky pisou no acelerador tão violentamente que cantou pneus, algo se encaixou em minha mente. Aquela lembrança que eu tivera de minha avó e meu pai conversando, que ouvi enquanto estava no topo da escada, reapareceu, e me lembrei do que diziam. Estavam sussurrando, mas ouvi com certeza a vovó dizer "Ela tem um problema mental" *e* "Ela é violenta". *Meu pai parecia frustrado, dizendo:* "Temos de ajudá-la. Antes que seja tarde demais." *Será que nossos caminhos tinham se cruzado na noite de minha morte? Se minha mãe tinha um problema mental como eles pareciam achar, como saber que tipo de reação teria ao me ver?*

Tentei reter o restante da lembrança da noite em que morri, qualquer coisa depois do momento em que gritei para meu pai e virei as costas, enfurecida. Mas havia apenas um buraco enorme. E, mesmo assim, sabia que havia alguma coisa ali. Algo que me assustaria eternamente. Algo que partiria tanto o coração de Emma quanto o meu.

Porque a única coisa mais devastadora que meu pai adotivo ter me matado e ameaçado Emma era se nossa mãe verdadeira tivesse feito tudo aquilo.

AGRADECIMENTOS

Agradeço muito a Lanie Davis – sem todo o seu trabalho duro, este livro não existiria! Você é realmente incrível. Agradeço também a Sara Shandler, Josh Bank, Les Morgenstein, Kristin Marang, Kari Sutherland e Farrin Jacobs – obrigada por manter o mistério interessante! E um enorme obrigada a Katie Sise, que me ajudou a trazer este livro ao mundo.

Muitos beijos para meus pais, que são maravilhosos e fortes, e beijos para Ali, Caron, Colleen McGarry, Kristen e Julia Murdy, e Barb Lorence. Um beijo especial para Kristian, e um abraço imenso para Samantha Cairl. Todos vocês são maravilhosos. Beijos!

Impresso na Gráfica JPA, Rio de Janeiro – RJ